o legado de nossa miséria

o legado de nossa miséria
Felipe Holloway

1ª EDIÇÃO

EDITORA RECORD
RIO DE JANEIRO • SÃO PAULO
2019

CIP-BRASIL. CATALOGAÇÃO NA PUBLICAÇÃO
SINDICATO NACIONAL DOS EDITORES DE LIVROS, RJ

H691L
Holloway, Felipe
O legado de nossa miséria / Felipe Holloway. – 1ª ed. –
Rio de Janeiro: Record, 2019.

ISBN 978-85-01-11771-7

1. Romance brasileiro. I. Título.

19-57811
CDD: 869.3
CDU: 82-31(81)

Leandra Felix da Cruz – Bibliotecária – CRB-7/6135

Copyright © Felipe Holloway, 2019

Todos os direitos reservados. Proibida a reprodução, armazenamento ou transmissão de partes deste livro, através de quaisquer meios, sem prévia autorização por escrito.

Texto revisado segundo o novo Acordo Ortográfico da Língua Portuguesa.

Direitos exclusivos desta edição reservados pela
EDITORA RECORD LTDA.
Rua Argentina, 171 – Rio de Janeiro, RJ – 20921-380 – Tel.: (21) 2585-2000.

Impresso no Brasil

ISBN 978-85-01-11771-7

Seja um leitor preferencial Record.
Cadastre-se em www.record.com.br
e receba informações sobre nossos
lançamentos e nossas promoções.

EDITORA AFILIADA

Atendimento e venda direta ao leitor:
sac@record.com.br

Para Maria Evanda e Antonio Carlos;
Jorge Luis Borges;
os amigos do Entrecontos.

Primeira parte

No entanto, ele está sentado na cadeira alta de um bar, o pescoço endurecido, de modo que a cabeça não possa se desviar da posição em que ficou, quando a voz calculada para soar pesarosa comunicou a morte, no jornal. É um desses comportamentos instintivos, ou semi-instintivos, que se mantêm por um tempo, sem que seja possível compreender sua origem, sua justificativa fisiológica, porque são o oposto da retração pelo toque em uma superfície tórrida, da corrida motivada por um foco de pânico no meio de uma multidão. Ele tenta pensar num contexto em que o travamento involuntário de uma parte do corpo ou mesmo do corpo inteiro tenha sido essencial para a sobrevivência de um seu antepassado, justificando a inclusão na lista de características que herdaria sem saber gerações mais tarde, mas a única imagem a lhe ocorrer é a de um híbrido de ser humano e camaleão, cuja imobilidade e cujo mimetismo com as cores do ambiente de fundo garantiam que a comida chegasse até ele, e que ele não fosse comido. Lembra-se, então, do conto "O desaparecimento de Honoré Subrac", do Guillaume, e se pergunta se, como o protagonista da história, não teria desenvolvido a habilidade de, numa situação de risco extremo, desaparecer contra o fundo, sendo aquele endurecimento a forma de o seu corpo se certificar de que não estragaria o disfarce. Não consegue identificar a que risco está se expondo, ali, exceto o mais óbvio e sentido a longo prazo, o da degeneração do fígado. E precisaria dos olhos para saber de que cor está — dos olhos que seguem presos na TV encarapitada numa gaiolinha metálica, e que já começam a identificar na sequência de S siameses que nublam a tela algo de ectoplásmico. A lembrança do conto (sempre as referências, sempre as referências) o faz pensar que talvez esteja procurando a justificativa na área errada; que, em vez de na biologia evolutiva, a razão do retesamento esteja na literatura, como tudo o mais. Faz um inventário mental das obras que tratam em algum ponto do enrijecimento involuntário dos músculos; o Conde do Alexandre; o Enterro do Edgar; o Olivier do Émile; o Solfieri do Álvares; a Princesa do Alfred; o Silas do George; com alguma elasticidade do conceito de catalepsia, o Brás Cubas do Machado... Nada se encaixa, nada se aplica, sobretudo porque a condição estatuesca é quase sempre justificada, nas obras, num momento posterior ao qual ele, como membro indissociável da trama hiper-realista daquele bar, não pode ter acesso. Mas persiste na busca — o que mais pode fazer? —, lembra que há um conto de Borges em que um dramaturgo prestes a ser fuzilado tem um pedido feito às vésperas da execução atendido por Deus: durante um ano, o tempo se interrompe; o condenado, os próprios executores e o mundo se imobilizam, apenas a mente do dramaturgo funciona, assustada, fervilhante, e ele então percebe que sua morte foi adiada pelo período solicitado, e que precisa concluir, durante esse intervalo, uma obra inacabada que supostamente o justificará. Não deve ser o seu caso, a menos que se trate da ideia que Deus (em cuja existência, é claro, nunca acreditou) faz de uma situação irônica, ou do inferno: tirar dele a possibilidade de fazer qualquer coisa que não seja elaborar mentalmente a obra da qual fugiu por toda a vida. Não é isso, não é isso. Mas as possibilidades metafísicas não o deixam abandonar este último autor, como se houvesse ali uma barreira que retém o fluxo de suas ideias, promovendo um travamento dentro do travamento. Resolve impor-se algum método, dessa vez, e a verificação dos contos por ordem alfabética o leva logo de cara (Deus facilitando as sinapses?) ao Aleph, e o mais próximo possível de uma solução: o narrador, que acaba de receber a notícia da morte de uma amiga, menciona, já no primeiro parágrafo, o sentimento de repulsa que lhe causa a simples mudança de um anúncio publicitário numa praça, porque é o primeiro dos vários sinais de que o mundo e o tempo seguem sua marcha inexorável, de que deixam aquele acontecimento e aquela existência expirada para trás. O personagem se propõe, ali, a ser um contraponto, a permanecer o mesmo, a mãe que se recusa a arrumar o quarto do filho morto; como ele, agora: mantendo o foco da visão num ponto mais ou menos imutável, ou que se faz imutável pela repetição, evita constatar os primeiros vestígios de que a realidade segue alheia àquela notícia de fim de existência — um novo cliente que entra no bar, o apagamento, por parte de um funcionário, do preço promocional da cerveja preta na lousa lá fora... Não entende, a princípio, talvez pelo efeito do álcool, por que julgou a morte de um homem com quem só se encontrou uma vez (e, por uma coincidência que desafia a credulidade que ele próprio está disposto a despender às coincidências usuais, também em um bar), há dois anos, digna de um exercício de tal modo sentimental e complexo de negação da continuidade do mundo. E como acontece nos sonhos que, tendo sua natureza irreal descoberta, desvanecem, é ele atinar para a provável causa de sua catalepsia localizada e ela se desfaz.

— Ahn, agora eles colocam o verbo na frente.

A voz do barman. Ele fica surpreso de que o homem não perceba em seu rosto qualquer vestígio da luta para reaver os movimentos que acabou de travar. Solicita com alguma rispidez uma solução para o problema da TV, mas logo se arrepende, pega no ar o eco do comentário anterior, finge interesse.

— O verbo?

— Sim. Não dizem mais "O escritor fulano de tal faleceu esta tarde". Dizem "Faleceu esta tarde o escritor...". É que teve uma jornalista, não lembro o nome dela, que começou a ler a notícia no tom errado, uma vez, e acabou sorrindo numa dessas notas de falecimento. Agora eles aprenderam que não começar pela morte induz a erro — e sacode a estrutura metálica. — Como eu tenho nojo desse povo... É tão na cara que eles têm...

Mas se interrompe, porque a frequência dos S diminui e o áudio volta. O escritor de 53 anos morreu em casa, no interior de Minas Gerais, vítima de um aneurisma cerebral. A matéria resume sua carreira em frases curtas, de tom laudatório. Curtas demais. Ele pensa na disparidade de reações a uma mesma notícia, seu corpo se enrijando todo por uma absurda associação literária, aquele funcionário reparando na simples inversão da ordem direta do enunciado. Mas é na mania dos editores estadunidenses de estampar elogios rasgados de uma só palavra nas contracapas dos livros, as famosas "blurbs", que se detém. Sete páginas de uma resenha na *New Yorker* e tudo o que sai na contracapa é "Assombroso!". À vista dos temas principais da reportagem, ocorre-lhe que nunca visitou um cemitério dos EUA, e se pergunta se o hábito editorial não teria se estendido ao setor funerário, com os costumeiros trechos bíblicos esculpidos nas lápides substituídos por superlativos assinados por parentes, amigos, professores. "Brian Lancaster — 1976-2013 'Amazing' — Daily Mommy"; ou, ele tenta fazer graça para um colega de copo inexistente, o próprio "assombroso", que até faria mais sentido nesse contexto.

Na TV, seguem agora imagens em câmera lenta do escritor autografando obras, concedendo entrevistas (a biblioteca particular desarrumada com cuidado ao fundo), tomando posse da cadeira 20 da ABL, desembarcando de jatinhos que o traziam dos países nos quais era constantemente laureado — o mais importante concurso de contos da Suécia, ele descobre pela reportagem, leva seu sobrenome — e acenando para um punhado de fãs. O governador decretou luto oficial de três dias. O presidente e o ministro da cultura emitiram longas notas de pesar. Ele pede outra dose de martíni.

Enquanto enche sua taça, o barman retoma o pensamento interrompido, diz que a matéria é dessas cuja velocidade de veiculação deixa a pessoa puta por praticamente confirmar que cada figura pública que atravessa a curva dos 45 ganha na hora um obituário audiovisual, a ser transmitido em caso de morte súbita. E, num esforço de validação da própria teoria, cita de memória justamente uma frase do escritor morto, algo espirituoso sobre a incompatibilidade conceitual entre ética e deadline, e cuja pertinência se acentuava por constar do primeiro dos romances escritos após a saída do autor do hospital onde havia sido internado devido a uma suspeita de pneumonia, alguns anos antes, com tantos noticiários tendo suposto sua morte do lado de fora. A referência do funcionário o deixa inquieto, sua aparente pertinência, ele se remexe desconfortável na cadeira, um sentimento que aos poucos matiza para a irritação. É quase obsceno que o empregado de um bar de beira de estrada conheça a obra do escritor a ponto de citar de memória, como se aquilo fosse uma intromissão insensata num universo para cuja entrada suas credenciais de nascença são inválidas, um universo ao qual ele não pertence e do qual nada pode entender, como se na própria frase mencionada houvesse sutilezas e jogos e nuances de estilo ocultos e só passíveis de ser captados por quem detém o arcabouço teórico adequado, uma ironia tão refinada que tornava a aparente conveniência da citação um disparate risível. Não sabe bem se é isto, esse intrometimento leviano que o emputece ou a constatação de que, mesmo conhecendo o escritor àquele ponto, a primeira coisa em que o barman reparou após saber de sua morte foi a porra da forma como deram a notícia. Quer humilhá-lo, corrigir a citação, desdenhar de algo que tenha qualquer relevância para este filho da puta que enche sua taça com a empáfia de um farmacêutico dosando a única substância capaz de aliviar os sintomas da coisa mais grave que começará a sentir, e que ele sabe relacionada a uma implicação ainda ignorada da morte do escritor, algo que a consciência se esforça em lhe esconder, como se por ora o poupasse. Essa pretensa proximidade com o verdadeiro sentido da arte, essa ilusão de intimidade que o faz tratar membros do cânone pelo primeiro nome, amigos que convida para jantares em casa, saraus nos quais a alegação de intencionalidade das obras por parte dos autores vai ao encontro do que ele tinha suposto, a literatura como crime, o escritor como criminoso, o crítico como detetive e avaliador da licitude da motivação. E é mesmo num desses membros que se escuda da possível aura de presunção em torno da própria postura, como o pároco da igreja em que tinha se crismado tentando provar a veracidade histórica dos evangelhos recorrendo a passagens dos próprios evangelhos: "O que é a modéstia senão uma humildade hipócrita por meio da qual um homem pede perdão por ter as qualidades e os méritos que os outros não têm?" Aninhado sob Schopenhauer, tira o dinheiro da carteira e entrega ao barman como quem compra o seu silêncio, como quem diz "continue limpando o balcão, meu amigo, que das letras há quem cuide melhor", e se vira para sair sem esperar o troco. A voz do funcionário o chama de volta, e ele já presume, mais cansado que superior, que o outro integre essa classe triste de empregados que por princípio se recusam a receber gorjeta. Mas se equivoca: há um papel rabiscado que entregou por engano entre as notas. O endereço dela, escrito no verso rasgado da contracapa de um livro — o motivo de ele ter vindo a São Paulo. No mesmo instante, as coordenadas de localização da casa que hoje pertence a outra pessoa, escritas numa caligrafia em que cada curva parecia sugerir um amor infinito, proveem de sentido sua paralisia momentânea, a raiva desmedida da atitude do barman, o vácuo que parecia exceder o diâmetro da perda que o tinha sulcado. Não foi, afinal, em deferência ao autor falecido que ele se recusou, por um instante, a acompanhar o fluxo da realidade, como não foi por ranhetice literata que censurou a citação alheia; não foi entre o binômio homem-obra e o resto do mundo que se interpôs, disposto a preservar a integridade daquele, mas entre o que o binômio representava no contexto de uma relação específica e a tentativa de infiltração do mundo exterior. Porque ela — ele se recorda agora com assombro, como se a informação estivesse suspensa à sua frente o tempo todo, cifrada no conjunto dos S siameses —, ela o apresentara à obra, ao pano de fundo quimérico da curta existência que tinham consentido compartilhar, ao universo de virtualidades linguísticas, alusões e significados no qual já estava imersa, e onde o tinha deixado refém de uma idolatria hoje próxima da autoflagelação. Morrendo o homem, anulava-se sua contraparte criativa, a possibilidade platônica do reencontro na duração de novas leituras que remeteriam, que os fariam coabitar, mesmo desencontradamente no espaço e no tempo, um plano que havia passado a só adquirir plenitude na virtual presença do outro, porque ao rebaixamento que se sofre no repositório contínuo da memória alheia se contrapõem essas pequenas ilhas de permanência, às quais a pessoa que decidiu ir embora é obrigada a retornar independentemente do quão irredutível se tinha mostrado, porque as coisas a que somos associados num contexto de afeição se convertem num manancial inesgotável desse sentimento, de modo que o que frustra e enraivece não é a associação em si, mas o fato de não ser possível ressignificar aquele aspecto da realidade, contaminá-lo com a mágoa envolvendo a lembrança das últimas ações que protagonizamos na vida do outro, que então se vê obrigado a admitir a inutilidade de sua obstinação, a vacuidade de seu orgulho, pois ninguém é capaz de odiar o todo de alguém que já amou em parte. Morrendo o escritor, findava o mais fecundo dos elementos associativos em relação à memória dele que nela ia perdurando, dava-se cabo de um universo em movimento surgido de outros, estáticos; rubricava-se o ponto final que as mudanças de casa, de telefone e de endereço já tinham começado a delinear. Chegava-se ao último e mais desesperador dos "Nunca mais" do Edgar.

Ele caminha rápido para a estação de metrô. Começa a se lembrar de outra coisa, a coisa mais grave, que por enquanto lhe chega intermitente, ou mimetiza a intermitência de sua silhueta, ora sob a luz amarela dos postes e a revoada de insetos que sucedem à chuva da tarde, ora indistinguível da escuridão ao redor, nitidez, dissolução, nitidez, dissolução, retarda o passo, no espaço entre as lâmpadas ele não existe. A consciência final do que significa ter ficado sabendo daquela morte (não da morte em si, mas da notificação, estar naquele bar àquela hora diante de uma televisão ligada em um noticiário, e ainda sem condições de atribuir o que nele era veiculado à bebida), a consciência ganha forma, delineia-se aos poucos contra um fundo opaco, e ele vai tentando, a princípio quase sem perceber, contrapor a essa revelação uma memória aprazível, o momento em que lhe fora possível renunciar a tudo isso, em que a bifurcação falsamente fortuita do acaso lhe acenara com a possibilidade da felicidade por mais tempo, como uma garantia estendida.

"... em reconhecimento à relevante contribuição intelectual para o recente debate sobre biografias não autorizadas representada pelo artigo 'Falem bem ou falem mal?', publicado na edição de março da *Revista Entretanto*, a Associação dos Jornalistas de Minas Gerais e a Imprensa Oficial do Município de Amará têm a honra de convidá-lo para o Primeiro Simpósio de Jornalismo Literário do Triângulo Mineiro, na qualidade de mediador da mesa-redonda intitulada 'Ética biográfica — a fronteira entre liberdade de expressão e direito à privacidade', que contará com o cantor e compositor Fernando Dantas, o biógrafo Hugo Mantovani e o professor de Ética da Universidade Federal de Minas Gerais, Guilherme Falconeri. A data e a hora exatas da mesa só serão estipuladas após a confirmação de todos os convidados, mas já é possível adiantar que ela se dará numa noite imprevista da semana de realização do evento, entre os dias 14 e 20 de junho. O cronograma anexado também especifica algumas das atividades relativas a cada dia. Nós, da comissão organizadora, ficaríamos muito gratos se V.S.ª pudesse enviar a resposta a esta mensagem até, no máximo, o dia 28 do mês corrente, para que se tenha, em caso de recusa formal, tempo hábil para convidar substituto à altura."

Leu cinco vezes o e-mail, e três o artigo que o tinha motivado, só parando a intervalos para comer da lata de pêssego cuja calda já adquiria o estranho gosto das coisas guardadas abertas na geladeira. A mensagem estava intocada na caixa de entrada havia uma semana, as duas primeiras linhas visíveis em pálida fonte cinza. Era assim: degustava elogios provindos de fontes respeitáveis aos poucos, um náufrago que intui a iminente escassez de água doce e bebe o menos possível do cantil achado entre os destroços da embarcação. Se alguém lhe dizia que o periódico X havia citado seu ensaio, ou que o doutorando da universidade Y tinha baseado parte de sua tese num dos capítulos do seu livro, punha-se tão imediatamente quanto possível (o que era o tempo de inventar uma desculpa e, de maneira sutil — há que se aparentar desapego —, sair de perto do colega que lhe houvesse dado a informação), punha-se a procurar o periódico, saber se o site da universidade possuía uma biblioteca virtual de teses. Encontradas as provas, no entanto, lia só o suficiente para se certificar de que a menção era de fato positiva, de que o que tinha escrito sobrevivera ao crivo do tempo, e então aguardava. Nos dias que se seguiam, nutria-se do material como de um soro ministrado na veia, a conta-gotas, cujo efeito era tanto maior quanto mais tempo pudesse permanecer conectado. Uma frase de reconhecimento podia mantê-lo bem por um dia inteiro, alheio à coordenadora que sempre estacionava na sua vaga, às perguntas imbecis de uma aluna repetente, aos pelos de gato preto que dançavam no ar da sala como dentes-de-leão, em desafio à sua bronquite e ao seu senso de preservação da vida animal. De uma resenha elogiosa, extraía vitalidade até para o mês mais atribulado (geralmente novembro), para o mormacento intervalo de tempo antes de o ar-condicionado do carro começar a fazer efeito, para o colega de departamento que insistia em que certos experimentalismos romanescos da pós-modernidade tinham lá seu valor. A felicidade permanente — ele pensaria, se tivesse a mínima consciência do processo — talvez viesse quando lhe dedicassem um volume completo.

Antes de fazer uma pesquisa rápida sobre os participantes já confirmados da mesa, abriu seu perfil numa rede social; uma ex-aluna o tinha marcado num cartum do André Dahmer, sob a legenda "familiar, hein, prof.", seguida de uma carinha piscante. No quadro único do cartum, cujo título era "O escritor vai ao massagista", um homem sem camisa e deitado de bruços numa maca dizia a outro personagem masculino, de pé a seu lado: "Comece pelo meu ego."

Digitou uma risada convencional, nada das sequências de Ks que apareciam nos comentários já postados, mas ainda assim uma risada duas sílabas maior que a mais extensa entre as outras. Era preciso rir em público, era preciso dar credibilidade à crença geral de que críticos não só também estavam imunes àquela excrescência que, apesar de não acometer apenas ficcionistas, só nestes ganhava proporções de câncer, como estavam mais imunes do que qualquer um. Uma profissão cujo artífice era por natureza invulnerável à suscetibilidade, como a serpente era por natureza imune ao próprio veneno. Metáforas gastas reforçando crendices úteis, o leite com manga que afasta os escravos do que não lhes cabe. A risada maior talvez o denunciasse, porque sempre se supõe que o mais exaltado dos censores de determinada perversão sexual seja, ele mesmo, o maior adepto dela. "Se bem que não sou um crítico, sou um professor", se eximia num mantra, repetindo o que tinha dito Harold Bloom numa entrevista cujo recorte ele ainda devia guardar.

Devolveu a lata de pêssego com um terço do conteúdo à geladeira. Ao empurrar a tampa para baixo, raspou as costas do indicador numa das pontas afiadas. A gota de sangue que caiu sobre o queijo guardado sem proteção na prateleira de baixo se expandiu numa forma estranha. Foi até o banheiro e pegou um floco de algodão no mesmo pote onde estavam duas escovas de dente, uma das quais já mofada. Umedeceu o tufo num esguicho do álcool em gel e aplicou no corte. Leve ardência. De volta à sala, o dedo em riste, errou duas vezes o complexo desenho de desbloqueio da tela do celular antes de se dar conta de que a informação que queria não precisava da inserção do código para aparecer.

Vinte e seis de maio. Dois dias para a expiração do prazo. Passada a euforia, podia se dedicar às razões por trás do convite. Sabia que a encomenda do artigo viera a propósito da recuperação de sua credibilidade, depois do incidente com um escritor em uma rede social viralizar em blogs pseudoliterários. Como púlpito redentor, a revista tinha histórico: havia recuperado a carreira de mais de um acadêmico ridicularizado no meio, por picuinhas com intelectuais mais influentes ou acusações de desperdício do dinheiro público em bolsas com fins de pesquisa cujo caráter utilitário era nulo. "A *Entretanto* é o AA da academia", uma frase que ele mesmo já devia ter repetido, certo de que nunca precisaria frequentar as reuniões na redação celebremente asséptica da revista. Mas o caso, impossível de ignorar até mesmo nas rodas de escritores mais cínicas, era que a publicação de fato polia reputações arranhadas, o que tinha criado entre os autores convidados a redigir textos para suas páginas um ímpeto de superação pessoal que volta e meia redundava na *opus magnum* de cada um. O sucesso das parcerias às vezes era tamanho que o escritor convidado solicitava um cargo efetivo na redação, numa conduta que, para ele, não diferia em nada da do ficcionista ingênuo que tenta repetir as condições físicas exatas em que teve sua melhor ideia, na esperança de que "a musa volte".

A merda, no seu caso, começou de novo a se flagelar, era que não considerava "Falem bem ou falem mal?" seu melhor texto. Em parte devido às imposições de extensão e estrutura, em parte por não provir de um esforço criativo, de associações sinápticas engenhosas, mas de pura pesquisa de campo, de sessões de entrevista exaustivas, de deduções cartesianas — um empirismo estéril e sem graça, enfim, com nada do valor intrínseco de uma epifania. Como se a crítica já não tivesse ranço de parasitismo suficiente... Apertou o dedo. Evitava sempre cair nesse lugar-comum, a aparente inutilidade da crítica, uma sombra condenada à pequenez, ao não herdamento da grandeza da arte à qual se submetia. Se se deixasse levar por essa maré quase irresistível — uma série de associações a cada ocorrência mais requintadas no desconforto que causavam —, era forçado à conclusão de que, no que dizia respeito ao ego, a opinião pública não só se equivocava, como simplesmente invertia os papéis entre crítico e artista: era aquele que, sendo demasiado suscetível, se abstinha até mesmo da tentativa de produzir algo de valor, algo provido de um mínimo de autonomia, limitando-se ao universo das avaliações distanciadas, cujo risco máximo era o da detração de uma obra que o tempo e a posteridade redimiriam, ou da exaltação de outra mais tarde esquecida (e nem este risco tinha escapado ao ímpeto de rotulagem por parte dos seus: era o "Romerismo", referência engraçadinha à ojeriza de Silvio Romero à obra de Machado, e ao enaltecimento da produção hoje inócua de Tobias Barreto). Tentava barrar o efeito dominó interpondo-lhe a ideia da relatividade: todas as profissões tinham seu *reductio ad absurdum*. Escritores como loroteiros compulsivos que competem para ver quem mente melhor, médicos como gente que posterga a finitude de seres finitos, jogadores de futebol como criaturas racionais que se juntam para perseguir um objeto esférico... E críticos como eunucos num harém, diabéticos numa confeitaria, avaliadores sérios do quão boas foram as mentiras dos loroteiros compulsivos. "Se bem que não sou um crítico..."

Foi até o computador e voltou a abrir o e-mail. Agradava-lhe a ideia de viajar, de ter uma desculpa formal para solicitar licença da faculdade por uma semana, encorpar o Lattes enferrujado desde o semestre anterior, ainda que a razão fosse o simpósio sobre um gênero que, em sua opinião, havia tido seu primeiro e último cultor numa só pessoa, numa só obra. A tentativa de aproximar a arte de descrever a miséria de gente real da de fazer a mesma coisa, só que com gente imaginária, vulgarmente eufemizada "jornalismo literário", havia atingido em *A sangue frio* um nível de refinamento impossível de ombrear. Capote fizera ao gênero o que Cervantes tinha feito com as novelas de cavalaria — tudo o que viria depois era exegese, e o que viera antes, prefácio. Como reunir interessados suficientes para, por uma semana, orbitar algo cujo alcance em termos de influência benéfica era tão restrito, para não dizer nulo, perguntava-se, esquecendo-se por um momento dos retiros religiosos da antiga igreja dos pais.

Não por acaso, uma das mesas do evento, de acordo com o cronograma, intitulava-se "O legado de Capote". E foi ela, mais do que o cachê proposto e a perspectiva de desintoxicação da faculdade, que o motivou a aceitar o convite, ainda que com uma sensação de alheamento, como se a resposta positiva ao e-mail não o comprometesse de fato, como se algo na convocação tornasse ilógica a realização do encontro ou sua participação nele. A embriaguez da massagem representada pela proposta em si havia bloqueado essa sensação durante as primeiras leituras, de modo que só mais tarde, já aninhado a um canto do colchão largo e desnivelado, e minutos antes de pegar no sono, ele se deu conta do que a tinha provocado: "... numa noite *imprevista* da semana do evento". A linha que, aliada a outras informações da mensagem, levava a um paradoxo conhecido: se o simpósio ocorreria entre os dias 14 e 20, e sua mesa numa noite imprevista no meio desse período, estava livre da obrigação de comparecer. Quando chegassem ao dia 18, saberia que a mesa não poderia mais se realizar na noite do dia 19, porque isto transformaria a ocorrência em prevista, o que contrariava as informações contidas no e-mail; quando estivessem no dia

17, e tendo eliminado a possibilidade de a mesa ser no dia 19, só sobraria a noite do dia 18, o que a descartaria pela mesma lógica. Com o raciocínio aplicado regressivamente até o primeiro dia, não haveria mesa alguma para mediar.

Pensou que poderia ter um sonho em que o método de invalidar logicamente a concretização de um acontecimento futuro que se dá como certo fosse transferido para a aparente inevitabilidade da morte, de modo que nunca mais precisasse se preocupar com a sua, ou com a de qualquer outra pessoa, ou, antes, com a lenta decadência física, psicológica e moral que é a marca antecedente mais comum do que se chama uma morte natural, como se a dignidade inerente ao caráter íntegro das faculdades mentais de alguém prestes a sofrer um acidente de carro fatal subvertesse de alguma forma os desígnios da natureza, ou os de Deus. Pensou que poderia ter esse sonho, não se lembrar de sua essência e passar o resto do dia seguinte perturbado, distante, aquele senhor que tem um insight dos números sorteados da loteria mas perde o bilhete.

Não lhe ocorreu, nem antes de dormir nem depois de acordar, que, deixando de esperar que a mesa se realizasse, ele tornava sua realização em qualquer dia uma coisa imprevista, e portanto dentro da lógica do e-mail da comissão. Apesar disso, não sonhou com o método, mas com a mãe, como a lembrá-lo de que não havia mais utilidade na informação que esperava obter do outro sonho.

Quatro camisas sociais novas, a quase certeza de que só iria usar uma delas, duas polos seminovas, a vaga impressão de que o slogan bordado no bolso vinha perdendo sutileza nas últimas edições, três calças sociais pretas, uma bênção não precisar passá-las a ferro, quatro jeans, a dificuldade para fechar tudo depois, um cinto, bom mesmo era o anterior, inutilizado após o terceiro buraco aberto com a ponta esquentada de uma faca formar um canal com o segundo, três shorts xadrez, "você fica lindo nesses shorts", sete cuecas boxer, não esquecer que a azul-marinho estava com uma ponta de náilon solta espetando o saco, só a use se a expectativa for tirá-la em pouco tempo, um par de chinelos, dois de sapatos, um de tênis, ah, o pouco espaço ocupado pelas sandálias femininas, três pares de meia social, dois de meia esportiva, a alternância deveria tornar o talco desnecessário, um desodorante aerossol pela metade, uma marca que anunciava proteção de até 72 horas não estaria insinuando que seus consumidores eram o tipo de gente que passava três dias sem tomar banho?, um estojo de amostras grátis de perfumes nacionais, a funcionária desconfiada de um aeroporto remoto abrindo uma por uma para cheirar, uma escova de dente, a mofada talvez cometesse suicídio jogando-se da pia, uma de cabelo, fio dental, duas cartelas com três camisinhas cada, o rubor da nova funcionária da farmácia procurando e não achando a marca que tinha efeito retardante, uma caixa de analgésicos, "esses têm que ter o efeito mais imediato possível, moça", notebook, fonte, celular, carregador, cartão de memória extra, fotos e diplomas são o lastro de experiências que um dia nem nossa memória reterá mais, *O bom biógrafo* de Leona Sebald, *O observador literário* de Antonio Candido, um pen drive com todo o material do artigo, a montanha de dados da qual a revista só tinha usado a sombra da ponta, uma caneta, documentos, não se deve rir em fotos para documentos oficiais porque o riso deforma os traços da face, de modo que a permissão obrigaria policiais a agir feito palhaços, na hora de checar se a imagem do motorista interceptado numa blitz batia com a da carteira de habilitação, uma vez que ninguém é obrigado a rir do que não acha engraçado, "documento, senhor", "pois não", "o senhor poderia rir, por favor?", "não estou vendo muitos motivos...", "o senhor conhece aquela do louva-a-deus ateu?", a caneca ainda suja de chá, cartão de crédito, cartão de débito, a calcinha lilás, ticket do voo, nenhuma combinação numérica agourenta, 856 reais em notas de 50, 20, 10 e 2, cópia da licença da faculdade, uma resma de provas não corrigidas, talvez a atirasse da janela do hotel, resumo impresso das principais obras dos outros convidados, tentou sem sucesso fechar tudo, por que tinha uma caneca ali?, pôs fora uma das calças jeans, além da caneca, selecionou três amostras do estojo, as trilhas do zíper quase se encaixando, ocorreu-lhe a ideia de um miniconto em que um sujeito prestes a viajar tenta acomodar tudo na única mala que tem, o processo todo descrito pelo narrador de modo a caber numa só página e, esgotado o espaço, numa nota de rodapé de fonte minúscula, depois em anotações flutuando em torno do bloco principal, a forma do texto pondo leitor e autor na pele do personagem sem espaço, do personagem que precisa improvisar, achatar para caber, toda aquela macaquice da pós-modernidade radical que pretendia disfarçar argumentos anêmicos com fusões lúdicas de forma e significado, fusões que, quando muito, produziam uma fagulha cujo apelo era fugaz, meramente visual, que se consumia antes de ter força para se alastrar, palha de aço incandescente rodando em noite de São João, ou sequer para perdurar na memória, descartada como um trocadilho engenhoso que se vê na traseira de um caminhão e que já se esqueceu antes do próximo semáforo, era preciso satirizar essa babaquice em algum ponto do romance que estava sempre por escrever, usar a babaquice a seu favor, mostrar que é possível restituir à babaquice sua função original, domesticá-la, enfim, a mala fechou, os cursores do zíper se encontraram no alto, estava pronto.

Chegou ao aeroporto debaixo de chuva. O horário adiantado da corrida elevou ao absurdo o preço do táxi, e distraiu-se da sensação de assalto consentido pensando no quão rica uma pessoa deveria ser para não enxergar, nem mesmo de forma instintiva, oitenta reais por uma carona de quinze minutos como um desses indícios inconfundíveis de que havia algo de muito errado com o capitalismo.

Duas das seis rodas da mala estavam travadas, o que o obrigou a arrastá-la como a um irmão siamês inválido até a fila do check-in. Nunca se lembrava de efetuar a confirmação on-line. Por sorte, a fila da companhia que tinha escolhido era a menor. O aeroporto convalescia de uma reforma apressada devido a um evento esportivo nacional realizado recentemente na cidade. As lonas forrando o teto, com protuberâncias abstratas deformando o tecido aqui e ali, tinham um ar de risco de giz encobrindo as marcas de mosquitos mortos nas paredes, o paliativo com que um anfitrião humilde desvia a atenção dos parentes ricos que precisa hospedar.

Não conseguiu decidir se o "boa viagem" do funcionário encarregado de etiquetar e pôr as malas na esteira de despacho da bagagem era natural ou mecânico, talvez por vir acompanhado de um sorriso. De humanitário, pelo jeito, o novo fordismo só tinha a aparência. Era possível mesmo que fosse mais degradante que o original, se se considerasse a simulação de simpatia como fator de insalubridade. Não era preciso sorrir para porcas e parafusos, nenhum dos robôs que aos poucos tinham tomado o lugar dos homens nas grandes linhas de montagem havia sido equipado sequer com uma gravação de "bom-dia". Lembrou-se ali de uma cena, não soube se de *Tempos modernos* ou de uma tirinha de Bob Thaves: um homem que trabalha como apertador de parafusos numa linha de montagem diz a seu colega que irá se aposentar no dia seguinte, e que a primeira coisa que fará será andar até o fim da fábrica e descobrir o que ele vem ajudando a construir há trinta anos. Para cumprir sua obrigação, tampouco era necessário àquele empregado do aeroporto saber aonde exatamente iam as malas que punha em movimento. E, no entanto, a possibilidade de um passageiro abordá-lo a respeito o obrigava a acumular a função de balconista de informação. Sorriu, percebendo a coincidência de haver uma esteira em comum entre os dois ambientes de trabalho.

O voo só sairia em cinquenta minutos. Separado do irmão semimorto, sentia-se mais à vontade para observar a sempre pitoresca fauna que circulava pelos aeroportos. Gente deitada sem nenhuma inibição ao pé das cadeiras no saguão de embarque, a mochila de travesseiro. Famílias improvisando cartazes de reconhecimento com pincéis atômicos. Seguranças ("Você não acha que isso é o mais próximo de piratas que a vida urbana conseguiu produzir?") conversando com ruídos de estática emitidos por papagaios invisíveis empoleirados ao ombro. Turistas reclamando do preço do que quer que estivesse sendo vendido nas lojas. Mães de ar cansado tentando manter a prole reunida em torno de si. Uma senhora que continuava sentada na poltrona massageadora mesmo sem ter colocado dinheiro para a massagem, o que logo faria o assento apitar de maneira ensurdecedora — e a antecipação desse desconforto auditivo parecia causar aflição a um grupo do que supôs que fossem estudantes de intercâmbio sentados perto da mulher. Gente analisando folhetos de viagem, acompanhando as trocas de números e de slogans nos painéis, folheando revistas e livros nas bancas, comendo, indo ao banheiro, falando ao celular, semidormindo, tudo com aquela meia-postura, aquela noção implícita de se estar em um local intermediário, palco de ações inconclusas, a embaixada de uma realidade alheia a tudo, um lugar que não era tecnicamente território de país nenhum, e que, adotando a ideia de *continuum* espaço-temporal dos relativistas, escapava também ao conceito de tempo válido para o resto do mundo. Ocorreu-lhe que era preciso perdoar o gerundismo na escrita de um aluno que trabalhasse num aeroporto pela mesma razão por que não se devia condenar eventuais manchas nos deveres de outro que trabalhasse numa mina de carvão. E que só frequentaria um templo religioso caso ele fosse construído num lugar como aquele — um espaço que, estando quase fora da realidade, parecia um degrau acima na escada que conduzia a Deus ou ao nada.

A fila de embarque ainda não tinha se formado. Repassando as necessidades menos imediatas, lembrou que precisava de uma peça para o celular novo, uma película protetora de vidro para a tela que sempre ficava arranhada pelo contato com as chaves do carro no bolso. Com gestos da mão que segurava o rádio, um segurança guiou-o pelo labirinto de lojas até a de uma "especialista" naquelas peças. Agradeceu e caminhou devagar até lá, a palavra "especialista" destacando-se em meio ao resto das instruções. Dias antes, ainda a propósito do aparelho, alguém lhe havia dito que, para cortar um chip tradicional de modo a adaptá-lo ao espaço padrão para microchips dos celulares atuais, ninguém melhor que o "Agenor lá do Calçadão", que tinha até, ele acreditava?, um cortador de chip profissional.

De fato, a destreza com que a mulher se certificava de não haver bolhas de ar entre a película e a tela era fora do comum. Engraçado como as novas demandas suscitadas pela evolução tecnológica criavam esses profissionais específicos, cujos produtos e serviços tangenciavam de celulares a automóveis, numa relação simbiótica parecida com a daquela espécie de pássaro que se alimenta dos carrapatos alojados no dorso dos búfalos. A questão era que, ao contrário do que acontecia no mundo animal, o mutualismo tecnológico não lhe parecia natural, tinha algo de contraintuitivo. Se as grandes invenções nasciam de necessidades genuínas (de se encurtar longas distâncias, por exemplo), as pequenas pareciam fruto ou de capricho ou do simples ímpeto de forjar pseudonecessidades, um dos grandes clichês martelados pelos detratores do sistema econômico que tinha tornado absurdos como o preço de sua viagem de táxi possíveis. Sentiu-se triste pelos agentes daquela sub-revolução.

Por saber que estavam inseridos num contexto em que dificilmente ascenderiam ao protagonismo da revolução principal, aquela de cujo sucesso seus serviços dependiam. Como devia ser frustrante a certeza de que nosso cabedal jamais nos levaria além de ideias cuja aplicabilidade está submetida, por natureza, a outras, maiores e mais relevantes.

De volta ao saguão de embarque, como ainda tivesse tempo, retomou a leitura do artigo que um orientando do mestrado lhe enviara, intitulado "A Síndrome de Clérambault como metáfora para a relação entre os homens e Deus em *Enduring Love*, de Ian McEwan".

Seu avião saiu exatamente na hora marcada, coisa que ele tentou ver como um bom prenúncio. Escutou as instruções pré-decolagem traduzidas num inglês de recepcionista de hotel três estrelas como quem assiste à versão de um filme intimista com os comentários do diretor. Celulares desligados, cintos presos, taxiamento efetuado, pneus recolhidos, estabilidade alcançada — o mundo inconcluso do aeroporto enfim encontrava seu ponto final na sequência protocolar de comandos e eventos pós-embarque. Em menos de dez minutos, os cristais de gelo começaram a riscar a janela. "Por que a vida tem que ser tão... prosaica...", ele pensava no meio de tudo, não pelo viés com que adaptaria o raciocínio a uma resenha, mas em legítima curiosidade pela escolha de um estilo por parte de um autor recluso. Gostava do prosaísmo bem empregado, Luiz Vilela ou Lygia Fagundes Telles, mas gostava, na mesma intensidade ou mais ainda, de conhecer os tons dos quais os escritores haviam abdicado para se dedicar àquela vertente específica, e que despontavam vez ou outra nas investidas em outros gêneros. Mas nunca se via uma incursão da realidade por outra corrente — o nonsense, por exemplo, espelhos que paravam de refletir, girassóis que sabotavam o heliotropismo e se punham a acompanhar o movimento da lua. Até mesmo o esforço de fuga representado pelos sonhos era invalidado quando se considerava que tudo o que podiam fazer era recombinar elementos da prosa cotidiana da vida desperta, como autores de fantasia que, na ânsia pela originalidade, não iam além de rearranjar, numa única e patética criatura, características de animais distintos.

A ideia, no entanto, logo o levou a constatar a palermice da própria ambição: os fenômenos naturais (nos quais, com algum malabarismo conceitual, era possível encaixar o marasmo de uma repartição pública, por exemplo) estavam imunes a qualquer espécie de juízo valorativo pela simples impossibilidade de se "intertextualizá-los". A ausência de paradigmas é o calcanhar de aquiles da crítica, uma trifurcação que a obrigava a escolher entre declarar a genialidade de um artista, sua absoluta insensatez e se omitir. A consciência do supremo ridículo que seria emitir com seriedade, a respeito de um pôr do sol ou de uma aurora boreal, opiniões como "o espetáculo procura compensar sua nulidade moral com grandiosidade estética, sendo tão somente som e fúria..." — essa consciência era apenas um dos reflexos imediatos da falta de parâmetro. Quando as viagens interplanetárias se tornassem comuns, e houvesse a possibilidade de justapor diferentes concepções de natureza, talvez mesmo esse tipo de avaliação encontrasse adeptos.

Assustou-o, depois de apenas duas horas de viagem, a voz estática do piloto comunicando que pousariam no aeroporto Mário de Almeida Franco, em Uberaba, dali a trinta minutos. Olhou os passageiros em volta; nenhum deles parecia surpreso. Então tinham economizado uma hora e meia de viagem e a permanência em outro estado e ninguém além dele achava isso excepcional? Mas logo a voz voltou para se corrigir: em trinta minutos chegariam ao aeroporto JK, em Brasília. Acomodou-se na poltrona. Era isso. O engano por acaso o fizera reavaliar, outra vez, a aparente fidelidade do mundo a um único gênero. Não é que a realidade jamais escapasse ao prosaísmo, é que, quando escapava, não nos dávamos conta. Esse lapso podia ocorrer inclusive devido às limitações sensoriais, já que supor que o mundo seja exatamente da forma como se nos afigura é um risco que beira o do solipsismo. E mesmo quando se tratava do que conseguíamos captar, havia em nossa distração cotidiana uma considerável margem de manobra para que estéticas como a do nonsense pudessem se manifestar. Sua própria confiança, aliás, em que estava seguro a bordo de um objeto pesando várias toneladas e suspenso a milhares de pés — um objeto cujo mecanismo de funcionamento era, para ele, quase totalmente desconhecido e portanto indistinguível de magia, como o do controle remoto ou o do armazenamento em nuvem na rede —, a própria confiança cega que depositava no funcionamento de todas essas coisas fazia dele um personagem inverossímil, e portanto peça de uma realidade em algum nível extraordinária.

O hotel designado pela comissão organizadora do simpósio era um palacete neoclássico com jeito de sede da Academia Francesa de Letras. Não era um elogio, para ele, avesso a anacronismos arquitetônicos em geral e à monarquia à qual aquele tipo de construção fazia referência, em particular. Tendia ao ufanismo quando se tratava de habitações. Costumava dizer às alunas que eventualmente levava a seu apartamento que só o tinha comprado pela aparência "rubemfonsequiana" do prédio — um tom de urbanidade deteriorada que lhe parecera a contraparte em aço e cimento da estética brutalista cultivada pelo escritor mineiro. (Elas apenas riam e não faziam perguntas.) No entanto, se o hotel de agora tinha algum mérito, era justamente o de remeter a outro país: em Vila Magnólia, um de seus passatempos ao dirigir por bairros diferentes era fazer um inventário mental dos trechos que pareciam inserções de outras metrópoles do mundo em sua cidade. O prédio de escritórios da travessa 9 de Agosto, por exemplo, alto e estreito, com telhado inclinado, numerosas janelas e cortininhas rendadas que só iam até a metade, não ficaria deslocado numa rua de Amsterdã. Ou o trecho em que a avenida Senador Augusto de Queirós cruzava com a rua das Bétulas, um excerto exato das arborizadas *ramblas* catalãs.

A garagem do hotel parecia de fato uma masmorra feudal. Depois de guardar o carro alugado, registrou-se na recepção, fazendo pouco esforço para ignorar o decote da atendente, uma moça de cabelos pretos que começavam lisos e terminavam ondulados, na altura dos ombros. Usava um desses óculos de aros grossos que as novas gerações tinham recuperado dos anos 80, numa onda vintage que abrangia uma série de artigos, e tinha a curva de uma das sobrancelhas um nada mais alta que a da outra, o que lhe dava um ar meio impertinente — uma impertinência doce, todavia — de quem põe em dúvida tudo quanto lhe é dito, os olhos observando o interlocutor de baixo para cima. Quando ele disse em nome de quem estava a reserva, o sorriso dela o fez esquecer até mesmo seu sotaque acentuado, até mesmo a franja diagonal.

— Humm, o senhor veio para o simpósio!

— Pra participar de uma mesa, sim — respondeu, embora a entonação final dela não sugerisse uma pergunta. — E você achou que eu fosse uma mulher...

Era comum adiantar-se no reconhecimento do que seu nome provocava nas pessoas. Às vezes ia mais longe, explicando que a androginia se tratava da ideia que o pai já morto fazia de uma vingança pré-nascimento contra o fato de ele ter vindo sem ser esperado. Nessas ocasiões, fingia-se alheio ao desconforto do interlocutor, ou imaginava que esse desconforto pudesse ser visto pelo fantasma do pai. Profissional, a recepcionista não fez quaisquer comentários.

— O senhor pretende ficar até o fim do evento, certo?

— Ainda preciso ver.

— A estadia já está paga até o final da semana...

— É um argumento forte...

— Primeira vez em Amará? — a habilidade de conversar enquanto digitava já tinha se convertido num instinto, na moça.

— Sim, sim.

— O que está achando?

— Ainda não tive tempo de passear direito. Por enquanto, estou com essa sensação esquisita de andar em cima de um verbo...

— Ah, a fase do futuro do presente...

— Sim... — o riso escapou pelo nariz, quase se convertendo num ronco. — Eu entendo a intenção de prognóstico do nome, mas... só consigo pensar que alguns quilômetros à frente tem uma cidade chamada Amaremos, e outra mais ao sul chamada Amarás...

— Sim, a gente ouve muito isso de quem chega. Bem, é o que dá ter fundadores que faziam Letras — ela não tinha o tom de enfado do anfitrião que se ressente da falta de criatividade do forasteiro, e ele se perguntou se no treinamento das funcionárias havia um módulo inteiro dedicado à arte de condescender com aquele tipo de associação engraçadinha mesmo depois de tê-la escutado mil vezes. — Mas é questão de tempo até o verbo virar substantivo pros ouvidos. Ou o senhor acha que não aconteceu a mesma coisa com os primeiros moradores do

Amapá? Já vi, inclusive, placas de localização para turistas de outros países que traduziam o nome do estado como "Loves Shovel".

Pensou em complementar o gracejo dela, porque certamente também houvera placas no Amazonas que traduziam o nome do estado como "Loves Whorehouses", mas não julgou que seria conveniente. Conversaram um pouco mais sobre a região e os preparativos para o simpósio — a constatação de que tinha sido o primeiro dos convidados a chegar, como acontecia nas reuniões do corpo docente da faculdade, pareceu-lhe de uma familiaridade agourenta, e receou sair tão frustrado dali quanto tantas vezes saíra da sala do departamento de seu curso. Enquanto esperava o elevador, o cartão de acesso já em mãos, escutou o início da conversa da recepcionista com outro hóspede que acabava de chegar, e sentiu-se bobamente enciumado por perceber o mesmíssimo tom de cordialidade e bom humor de seu diálogo com ela.

Ocupou o resto da tarde relendo o material de pesquisa para a produção do artigo, bem como o resumo da biografia e das principais obras de cada convidado e a ordem dos tópicos a serem discutidos no dia seguinte. Ainda o incomodava a ideia de que a comissão havia escolhido logo a sua mesa para abrir o simpósio, sobretudo porque não se sentia simpático o suficiente para ser mestre de cerimônias. Se bem que, em que aquilo podia ser diferente de uma reunião do sindicato? Pelo menos tinham resistido à tentação nada incomum de convocar um constitucionalista para o debate, essa gente com o dom de transformar qualquer assunto potencialmente interessante numa lenga-lenga chatíssima, e toda ministrada em latim jurídico.

Já passava das 20h quando decidiu tomar banho e descer para o restaurante do hotel. Os engenheiros tinham resolvido o problema lendário da temperatura dos chuveiros com uma medida simples: havia três duchas no boxe — uma com água quente, outra com água fria e a última em temperatura ambiente, além de um dispositivo manual que misturava as águas à escolha do hóspede. Quase conseguiu ver o excesso de adjetivos das biografias escorrendo pelo ralo entre os pés, junto com o cansaço e com uma coisa que a princípio não conseguiu identificar, uma sensação talvez próxima do déjà-vu, mas não relacionada a seu contexto físico imediato, e sim a algo mais amplo e abstrato, ao Zeitgeist universal, talvez pudesse chamar assim, que impulsionava homens em todos os tempos a se dedicarem à dissecação do registro do que tinham pensado outros homens, esperando que, dentre as muitas possibilidades de combinação com significado que as várias línguas do mundo permitiam compor, houvesse uma capaz de interromper para sempre essa busca, por ser o equivalente, no plano geral da existência, da palavra-chave que desperta do transe o hipnotizado, e com a qual este não pode dar por si mesmo. Mas, ao fazer isso, fechava-se os olhos para todas as adversidades suscitadas por uma procura de tal modo descomunal, como a eventualidade de essa obra ou capítulo ou página ou parágrafo vindicador ter sido escrito num idioma extinto ou remoto, ou de que, para chegar até um dos conhecidos, houvesse passado por tantas traduções que seu sentido original dera lugar a algo extremamente corriqueiro; a eventualidade de o ser humano a quem ocorreu esse pensamento capital nunca ter sido alfabetizado, ou tido vontade de expressá-lo por escrito, de modo que imaginar que fosse possível ao menos tangenciar essa ideia revolucionária em encontros que discutiam estéticas ou obras ou autores não passava talvez de uma confissão de desespero diante da falência suprema da pretensão teleológica, sendo quem sabe mais plausível que todos ali largassem os livros e se dedicassem ao testemunho profissional das últimas palavras de doentes terminais, o único contexto em que se imagina que alguém que tenha dado por acaso com o raciocínio que a tudo justifica vá efetivamente compartilhá-lo, tanto por esse último gesto de humanidade não comprometer seu tesouro (como acontece, por exemplo, quando há a possibilidade de os herdeiros levarem à ruína o patrimônio da pessoa que morre) quanto porque, para além daquele momento, este conhecimento lhe será de pouca ou nula utilidade.

O restaurante não estava tão cheio. Enquanto caminhava até as mesas do fundo, entreouviu comentários sobre o simpósio, e teve medo de que algum dos organizadores, tendo sido informado do seu check-in, o interpelasse durante a refeição. Também por isso pediu o prato mais rápido de se servir, segundo o maître: coq au vin. Comeu depressa, a impressão de que a carne do galo não tinha sido corretamente marinada, bebeu apenas meia taça do Sandalford Chardonnay e solicitou que enviassem o restante da garrafa para o seu apartamento.

Desceu até a masmorra e entrou no carro, um formigamento familiar entorpecendo a boca do estômago. Tinha o hábito de dividir as cidades que visitava baseado na dificuldade de se conseguir companhia adequada sem a ajuda de um nativo e com alguma segurança. "Puteiros têm que ser como banheiros químicos", dizia aos amigos mais chegados da faculdade, "não é preciso que os anunciem em mapas, mas deve ser sempre possível encontrar um em caso de necessidade". Em geral, quanto mais distante da capital, maior era a cotação do município em sua escala. A 734 quilômetros de Belo Horizonte, Amará já saía na frente neste quesito. Checou no GPS o trajeto em linha azul até o Posto 2.0, parada obrigatória para caminhoneiros que faziam a rota de escoamento da soja produzida em Unaí e em Paracatu, segundo a pesquisa feita ainda em seu apartamento, em Vila Magnólia.

Não entendia a dificuldade que alguns amigos relatavam em encontrar pontos de prostituição seguros nas viagens para congressos no interior do estado. Os longos períodos longe de casa e a necessidade de permanecer acordados por toda a madrugada convertiam naturalmente as paradas noturnas dos transportadores de grãos em pontos de venda de drogas estimulantes e em prostíbulos a céu aberto. "Sem isso, o transporte rodoviário de grãos do país para", argumentava, à guisa de justificativa para o quão imunes a batidas policiais esses lugares lhe pareciam. Até havia usado o fato como exemplo metafórico para a importância que Joaquim Manuel de Macedo atribuíra às "vendas" — locais onde os escravos se reuniam à noite e nos finais de semana para beber e maldizer seus donos — como válvulas de escape do cruento regime escravagista, em sua obra *As vítimas-algozes*, leitura recomendada do curso que ministrava. Para Macedo, "um abolicionista pelos motivos errados", as vendas, apesar de degradantes para a "honra dos senhores e de suas famílias", eram ambiente necessário no contexto da escravidão. Tanto quanto as sedes do tráfico de drogas e de corpos em paradas à beira da estrada. "Quereis acabar com os postos-inferno? Pois acabeis primeiro com os prazos-de-entrega-demônio."

Amará, pelo jeito, não tinha vida noturna, a menos que se considerasse os gatos-pingados que, aqui e ali, surgiam sentados em cadeiras de praia no acostamento em frente de casa, conversando e tomando chimarrão ou tereré, ele nunca soube a diferença. Achou o comportamento curioso. E, apesar de nunca ter vivido muito tempo longe das capitais, sentiu certa nostalgia daquela tranquilidade interiorana, a convicção quase enternecedora de que gente que passava atirando a esmo de dentro de carros com vidros escuros não podia existir ali.

As casas logo começaram a rarear, substituídas por silos do tamanho de prédios de seis andares. A estrada ali já adquiria a maciez das BRs com menos de cinco anos de recapeamento. Em breve não veria nada exceto plantações de milho, entrecortadas por pequenas estrelas de 60 watts caídas para muito além de uma ou outra porteira. Essa antecipação o fez recordar uma coisa sentida algumas horas antes. Na viagem de ônibus entre Uberaba e a rodoviária de Amará, tinha percorrido um longo trecho em que, dos dois lados da BR, só havia plantações a perder de vista — nada das casinhas e cercas que apareciam agora, demarcando os limites da propriedade de cada agricultor. A extensão da campina possuía algo de vertiginoso, uma ausência completa de pontos de referência dando a incômoda sensação de imobilidade espacial. Lembrou-se de que uma ex-aluna lhe havia dito certa vez que, em determinadas regiões do norte do Pará, era possível dirigir por várias horas sem encontrar um só sinal de civilização em meio às gigantescas plantações de coco de uma única empresa.

"Mas não dá pra enxergar a própria plantação como uma evidência enorme da presença do homem?", tinha perguntado na época, associando uma mancha de infiltração no teto de seu quarto a uma visão aérea das tais plantações.

"Até dá, mas da mesma forma que um cemitério é uma evidência."

Ela não tinha mentido. À medida que o tempo escorria e o horizonte de ambos os lados não se alterava, ia crescendo na alma um atordoamento primitivo, atávico, como se, cercado de terra, fosse possível estar na mesma situação que um náufrago à deriva no meio do Atlântico. No entanto, se era verdade que um objeto esquecido no centro do oceano mais extenso eventualmente alcançaria a costa, o contrário não se podia dizer de outro deixado no meio do continente. Para este último, a libertação da imobilidade só viria séculos mais tarde, quando as próprias marés por fim o alcançassem em seu processo de engolimento do mundo. Talvez viesse daí a imagem materna que se tinha do oceano, a genitora para cujo útero todos voltamos.

A lua acompanhava o carro como uma consciência de cartum. Nove anos antes, tinha feito uma viagem a Barcelona. Dez horas entre céu e mar, as estrelas refletidas na água criando a ilusão de que estavam a bordo de uma sonda esquecida no espaço silencioso, depois de perder sua última conexão com a estação na Terra, e que agora rumava centímetro por centímetro em direção aos limites de tudo. A memória associou-se por osmose a outra; o comentário comparando a aeronave a uma sonda havia inquietado a pessoa que o acompanhava na época, a ponto de ela vir se aninhar em seu peito, os cabelos que remanesciam do coque arrepiados na nuca muito terna. De volta ao ônibus, o desconforto só perderia força quando uma nuvem gigante tinha se interposto entre a pista e o sol, dois quilômetros antes da rodoviária, substituído pela recordação repentina do trecho de um conto de Borges (um dos grandes autores a quem ele não tinha coragem de se referir pelo primeiro nome, nem mesmo em pensamento), intitulado "O fim": "Há uma hora da tarde em que a planície está por dizer algo; nunca o diz, ou talvez o diga infinitamente e não entendemos, ou entendemos mas é intraduzível como a música." A opressão no peito se transformou num leve aperto na garganta, e ele teve vontade de chorar.

A aparição do Posto 2.0 pôs fim às abstrações sem qualquer sutileza, embora a sequência de caminhões parados à beira da estrada, o adensamento da poeira e a luz vermelha piscando no painel do GPS tivessem sido sinais claros da aproximação do local. Reduziu a velocidade, atento à movimentação em torno do posto. Viu, na distância, dois funcionários conversando perto de uma das bombas, um homem saindo da conveniência com o que parecia uma garrafa de Coca-Cola e uma mulher se equilibrando na ponta dos pés para conversar com alguém na boleia de um caminhão. Foi chegando mais perto. Logo outras pessoas entraram no campo de visão. A silhueta de todos se recortava contra uma nuvem de poeira iluminada por trás que nunca assentava. Sua lentidão agora era a de um carro num cortejo fúnebre. Se pelo menos pudesse...

— Querendo foder uma xotinha, pauzudo?

O susto foi seguido do instinto do pé no freio. Se esquecera de que, porque o calor não era intenso a ponto de precisar ligar o ar-condicionado, havia deixado a janela do lado do passageiro aberta, por onde agora entrava metade da cabeça de uma mulher (ou de alguém que, pela voz, parecia-se com uma). A obscuridade o impedia de ver seu rosto direito.

— Porra!

Ela riu, parecendo acostumada àquele tipo de reação.

— Desculpa, amor, mas domingo o movimento é tão fraco que a gente não pode ficar dando bobeira com o vidro do carro aberto, não.

— Fraco. E essa fila de carreta aí?

— Tudo bicha viciado. E aí, vai abrir a porta ou não vai?

— Quanto é a sua hora?

— Pra tu é cinquentinha, pauzudo.

— Dou setenta pra você me arrumar uma menorzinha.

A elevação sutil do valor do programa como atenuante do golpe no ego de uma puta preterida por causa da idade. Uma faca em brasa, a cujo corte se seguia a imediata cauterização.

— Humm, teu negócio é xereca novinha, né...

Quando ele estendeu a mão para entregar o dinheiro, os rostos dos dois foram em parte iluminados pelos faróis de um carro que despontava ao longe na estrada. Houve o reconhecimento mútuo, embora não verbalizado, de uma circunstância remota que os unia. Apesar da idade mais avançada, o processo de varredura mental dele durou um milésimo de segundo menos: viu os traços precocemente desgastados do rosto da ex-aluna se desanuviarem por um instante e em seguida congelarem, imergindo então numa sombra ainda mais profunda que a de antes do facho. Pareceu-lhe digna de nota a forma como a mulher conseguiu resistir à reação que era quase um instinto em ex-alunos — o "professor!" pronunciado com as últimas sílabas em tom ascendente —, o que talvez desse uma medida da grandeza do seu embaraço. Para ele, por outro lado, com a experiência das alunas no apartamento, negociando décimos de nota por boquetes, bocetas e cus, fomentando a mediocridade de gente cujo esforço próprio jamais a levaria além de um cargo numa creche particular — para ele, por outro lado, permanecer impassível não chegou a representar esforço.

— Você pode se afastar um pouco? Eu vou procurar um lugar para estacionar ali na frente. Já pode ir buscando a menina.

Enquanto manobrava, ia tentando resgatar mais informações sobre a mulher na memória. Havia muito, tinha deixado de se surpreender com a quantidade de buracos do país (e às vezes até de fora dele) onde era possível se deparar com ex-alunos. Em 2002, ministrara aulas de semiótica num curso de Jornalismo de uma universidade particular no norte de Mato Grosso. Uma turma, com raras exceções, inexpressiva, como aliás costumavam ser as da maioria das instituições privadas em que já havia lecionado. Até as fodas conseguidas entre as estudantes tinham sido medianas, se a memória não o traía. Recordava-se, no entanto, de que essa aluna em particular era feia demais para entrar no seu plantel, e burra demais para apresentar um seminário ou responder às questões de suas avaliações decentemente, estando presa no que na época ele chamava de "zona de exclusão estético-cognitiva". Sua presença nas aulas fora escasseando até ela finalmente deixar de aparecer, ainda no primeiro período. Riu-se da ideia de que, se fizesse o programa com ela, daria um jeito de comentar, durante o boquete, algo extremamente imbecil. "Devia voltar pro curso; habilidade com o microfone você já tem."

— Oi?

A menina batia no vidro. Fez sinal para ela dar a volta e entrar pela porta de trás. Em seguida, dirigiu-se ele mesmo para o banco posterior, mas sem sair do carro.

A garota era magra, não exatamente bonita, os cabelos crespos amontoando-se ao redor do rosto de expressão tranquila. Usava uma tira de pano à guisa de camiseta, que apertava o peito deixando evidentes duas pequenas saliências. A bermuda jeans curta deixava à mostra uma leve penugem que descia pelo umbigo, e que ele soube, pelo forte cheiro de sal amoníaco, ter sido descolorida recentemente. Um reloginho verde-claro quase dava duas voltas no pulso, o mostrador fracamente luminescente, sem dúvida para cronometrar o tempo de cada programa.

— Quantos anos, lindinha?
— Doze.

Ele sorriu, lembrando-se de Humbert Humbert. Pensou na cena toda sendo descrita com a prosa elegante de Nabokov.

A garota tinha experiência: a um movimento de desabotoadura da calça, adiantou-se e tomou o cós das mãos do cliente. Chupou-o por quase dez minutos, talvez com um retesamento desnecessário da ponta da língua. Oferecia o corpinho em movimentos elásticos para a exploração dos dedos dele, e foi quem conduziu, depois de quase meia hora de preliminares, o membro envolto no preservativo encharcado para dentro de si. Fodeu sua pequena Lolita com vigor, entre beijos profundos e chupões no pescoço e nos seios quase inexistentes. Aluna aplicada, ela gemia nos momentos certos, as pernas enlaçando-o sem, no entanto, interferir na fluidez do vaivém. Depois que terminaram, ela se vestiu rapidamente, em absoluto silêncio, e já estava com a mão na maçaneta quando ele a interpelou:

— Não vai esquecer o dinheiro.

Durante o resto da noite e parte do dia seguinte, ele tentaria identificar o que havia no tom que ela empregou para responder, se a robótica artificialidade de quando uma criança precisa transmitir algo que um adulto lhe ordenou decorar, ou uma espontaneidade inocente, de quem apenas repete uma informação que lhe foi dada sem ênfase nem compromisso, quase como um adendo, mas a força com que o conteúdo da fala veio embrulhado comprometeria a apuração, impedindo que se recuperasse em retrospecto qualquer detalhe de natureza formal.

— A mãe disse que o senhor já pagou.

E, descendo do carro, desapareceu. Ainda tentou procurá-la, ou a mulher, mas a demora para pôr as calças e a nuvem de poeira, que tinha ficado impenetrável, o obrigaram a desistir. Voltou para o banco da frente atordoado, como se tivesse acabado de despertar pelo ruído de uma sirene de ambulância. Ligou o motor, tirou o carro do espaço entre duas carretas e saiu engrossando a densidade da nuvem quase ao ponto da solidez.

Reduziu a velocidade, atordoar-se afinal era permitir que ela triunfasse, mas como resistir?, filha da puta, filha da puta, repetia, referindo-se à ex-aluna e caindo na armadilha semântica do próprio xingamento, desgraçada, como ela pôde mandar a filha, como essa infeliz foi capaz, e no meio das perguntas ia tentando ignorar uma outra indagação, que àquela altura ele já supunha silenciada para sempre, mas que agora voltava, formulada um nível abaixo da consciência e só audível numa espécie de sussurro inarticulado, persistente, não conseguia, não podia deixar de pensar que havia sido intencional, que, se não o tivesse reconhecido, ela escolheria outra pessoa, que era uma forma de retaliação, um acerto de contas com treze anos de atraso, a mulher que não fora suficientemente fodível ou inteligente para ele dando à luz uma herdeira e enviando-a como proposta de refacção da disciplina, como oferenda no altar do homem que tinha ajudado a foder com suas expectativas de saída daquela realidade, de modo que a existência da garota era, a um só tempo, a consequência última e senciente do mal que ele talvez estivesse causando àquela gente e a prova de que ela, a mãe, estava por fim apta a servi-lo, apresentando-lhe um seminário em forma de língua, boceta, peitos e cu, uma resposta mais que decente a seus critérios de aprovação — uma resposta pela qual, agora, ele se sentia absurdamente responsável, como um arremedo de pai, o que só fazia ampliar a espécie de autorrepulsa que também começava a sentir, um personagem de folhetim que trepa com a filha sem saber.

De volta ao apartamento, tomou banho na ducha de água quente, bebeu metade do Chardonnay no gargalo e adormeceu abraçado à calcinha lilás, no centro da bagunça de roupas espalhadas que fizera para poder encontrá-la na bagagem.

O incidente da véspera comprometeu seu desempenho durante a mesa do simpósio.

Começara de manhã: a cabeça cimentada pelo vinho tinha resistido incólume ao ruído crescente do despertador. Seu sono só havia sido de fato arranhado pelo telefone na mesa de cabeceira: os organizadores começavam a sentir sua falta lá embaixo. Eram 11h32.

Desceu para o hall quase sem encostar no sanduíche de atum que pedira ao serviço de quarto. Além dos membros da comissão, encontrou-se rapidamente com os três outros convidados da mesa (tomou o cuidado de desviar os olhos do lábio leporino de Falconeri), trocando informações sobre os tópicos do debate e fazendo comentários genéricos sobre a importância do evento no cenário jornalístico mineiro. Todos o elogiaram pelo artigo na *Entretanto*, e houve um momento delicado em que Mantovani aludiu indiretamente à sua rusga com o escritor de São Paulo. Em outras circunstâncias, teria encarado o comentário como sutil motivação a se inclinar para o lado a que o homem se opunha na discussão de mais tarde, mas o caso com a ex-aluna ainda ocupava o centro absoluto de suas preocupações.

A cada minuto, a lembrança enxertava um novo acontecimento numa linha cronológica que ia se formando quase sem a ajuda dele, na tentativa de cobrir os eventos ocorridos entre 2002 e a noite anterior na vida daquela mulher. Nem a constatação de que muitas dessas ocorrências hipotéticas não passavam de clichês autorreplicantes (e que sempre desqualificavam qualquer peça de ficção, a seu ver) era agora suficiente para invalidar seu desconforto. Pensava na ex-aluna desistindo desiludida do curso; em sua concessão resignada ao discurso de um marido ignorante, algo sobre a verdadeira função da esposa decente ser trabalhar para ajudar a manter a casa; na gravidez indesejada, fruto sem dúvida de uma crença do marido — baseada em experiências com seus pais e avós — de que camisinha era coisa de veado, que tirar o pau na hora H resolvia tudo; pensava em surras cada vez mais violentas, talvez até no período da gestação; no abandono pós-parto; nela tendo de pagar uma vizinha para cuidar da filha durante a noite, quando colocava uma blusa cortada para deixar à mostra a curvatura inferior dos seios, um short desfiado e a maquiagem mais pesada possível para desviar a atenção do incisivo central meio apodrecido, e então saía à procura de pontos de parada de caminhoneiros ávidos por sexo barato para aplacar o estresse da boleia, dos prazos, ainda tentando sufocar a preocupação de que a filha estivesse sendo maltratada, molestada em casa alheia, porque no mundo de hoje nunca se sabe. Detinha-se, então, neste ponto: o objetivo da ida até aqueles postos, o oferecimento irrestrito a canalhas como ele, intelectuais que se eximiam de culpa invocando a meritocracia, Vinicius de Moraes e a essencialidade da beleza, John Henry Mackay, André Gide, uma pirâmide teórica que os mantinha ao mesmo tempo distantes do rio de merda do mundo e moralmente à vontade para de vez em quando descer até a base e cagar um pouco mais no leito. Variações dessa torrente de possibilidades iam e voltavam como uma dor de cabeça intermitente, de modo a não permitir sua concentração integral em nenhum dos diálogos de que tomou parte antes e durante o debate.

Todas as cadeiras do salão de eventos do hotel estavam ocupadas. Havia caixas de som dispostas ao longo das paredes laterais e quatro poltronas aveludadas e giratórias sobre o palco. Enormes TVs transmitiam a discussão no bar do hotel e na tenda montada no estacionamento para a venda de livros. Errou deliberadamente a pronúncia do sobrenome de um dos colegas ("... o senhor Hugo Mantôvani..."), e sem intenção a ordem entre o terceiro e o quarto tópicos.

Durante a conversa, obrigou-se a manter a atenção sob controle, o que ficava ainda mais difícil quando percebia que a maioria dos argumentos formulados pelos representantes dos dois lados — e até pelo professor de ética, supostamente o elemento de neutralidade do grupo — não passava de versões menos articuladas de pontos que ele próprio já discutira à exaustão ao longo de seu artigo. Nem o *corpus* consultado diferia grande coisa, indo de Plutarco a Ruy Castro, de Platão a Stefan Zweig, de Jacques Le Goff a Janet Malcolm. Disfarçando o enfado o melhor que podia, escutou sobre os ônus da vida pública, a importância do gênero em debate para a consolidação da imagem de figuras históricas negativamente célebres, a justeza de se condenar pessoas comuns à superexposição midiática pelo simples acaso de elas terem algum tipo de relação com a personagem biografada, já que nenhuma celebridade é uma ilha desprovida de conexões sociais e afetivas. Não atuou de forma enérgica para conter os ânimos, nos picos de tensão, nem interveio para apressar a longa e autopromocional fala de encerramento de Dantas, que acabou abreviando o tempo das considerações finais do colega catedrático, sem mencionar sua postura de visível desconforto quando Mantovani citou trechos de uma biografia de Peter Ackroyd que acusavam Charlie Chaplin de pedofilia, ou a risada involuntária que se seguiu a uma frase inacreditável de Falconeri: "Uma biografia publicada uma hora antes de o biografado morrer ainda corre o risco de soar terrivelmente obsoleta, porque basta um ato para redimir o tom geral de uma vida ou para conspurcá-lo." No geral, ele diria para si mesmo, enquanto parte do público se dispersava e parte subia pelas laterais do palco para conversar com os quatro, no geral, sua atuação ficara entre a da ONU no conflito entre israelenses e palestinos e a do William Bonner nos debates presidenciais.

Apesar das experiências desagradáveis, não viu motivos para deixar o hotel antes do fim do simpósio. Inclusive porque, como lhe havia dito a recepcionista (que ele fazia questão de cumprimentar com um aceno sempre que deixava o hotel pela manhã e ao voltar, no fim da tarde), a estadia já estava paga até domingo. Seria descortesia alegar que, agora que sua fatia do bolo tinha sido depositada, precisava deixar a festa.

Ocupou os dias seguintes alternando entre passeios diurnos pela cidade, idas a livrarias e sebos, trilhas ecológicas e correção das provas da faculdade. Também comprou uma mala nova para os livros e roupas adquiridas no único shopping da região. Evitou deixar as dependências do palacete durante a noite, mais por enfado do que para evitar certos pensamentos. Embora Amará também fosse o palco do acontecimento em si, seu ar tranquilo, silencioso e límpido ia aos poucos se encarregando de levar a memória já nem tão nebulosa para longe, além de converter cenários hipotéticos antes irrefutáveis em elucubrações no mínimo forçadas.

Sim, era muito possível que a mulher fosse indicar a filha a qualquer um que manifestasse as mesmas predileções etárias que ele, já que, dessa forma, o lucro ficaria "em casa". Da mesma maneira, não seria inverossímil supor que a não cobrança, por parte da menina, se devesse ao fato de o dinheiro que ele dera a mais à mãe já corresponder ao valor do programa com uma menor. Na ânsia por interpretar a situação à luz da ética, acabara se esquecendo de que, nesse meio, era frequente a variação de preços conforme a idade e a experiência da prostituta. Já não descartava nem mesmo a possibilidade de a ex-aluna sequer haver lembrado dele, sendo a expressão que tinha tomado como de reconhecimento uma simples manifestação de surpresa pelo seu aspecto pouco rústico. Já provocara reações assim outras vezes, em situações similares.

O argumento definitivo em favor do alívio da carga na consciência, no entanto, só viria quando se deu conta, depois que um garoto lhe chamara de "tio" ao oferecer umas trufas de chocolate que estava vendendo nos arredores do hotel, se deu conta de que, em certos bordéis do interior, era comum que as putas mais novas chamassem a cafetina de "mãe", sem que houvesse qualquer vínculo sanguíneo efetivo, apenas outra maneira de reforçar a irredutibilidade do contrato verbal que havia entre elas. Sorriu, chamou o garoto de volta, comprou cinco de suas trufas.

À luz do dia, Amará era tão pacata quanto depois que o sol se punha, talvez até mais: o pouco movimento nas ruas calçadas de pedra portuguesa era de crianças aproveitando os ventos constantes para empinar pipa. O clima do município se aproximava muito do frio seco, embora não chegasse a incomodar ou exigir blusas de manga longa. Havia muitas bicicletas e quase nenhuma moto.

Só acompanhou os debates principais de terça, quinta e sábado, e mesmo assim pela TV do bar. Nos momentos que antecediam as discussões, tomava o cuidado de ser visto nos bastidores, cumprimentando alguns membros principais da comissão, além dos colegas da mesa de abertura que por acaso encontrasse. Quando percebia que os vouchers começavam a ser exigidos pela segurança para a permanência no salão, dava um jeito de escapulir pela saída lateral. Livrava-se, assim, de qualquer eventual desconforto por não estar de fato participando das demais atividades do evento que lhe rendera uma abençoada semana de folga da faculdade.

Não que alguma das mesas houvesse se empenhado muito para compensar o esforço de assisti-las. Na que se intitulava "A forma da notícia", ocorrida na quinta-feira, por exemplo, os debatedores tinham discutido, entre outras trivialidades, até que ponto alterar o layout estrutural das publicações do gênero, passando das tradicionais colunas justapostas para um único bloco centralizado, como o dos romances, afetaria a experiência sensorial do leitor, no sentido de aproximá-la da de ler um texto literário. Era quase o tipo de conversa que se esperaria de pré-adolescentes para os quais se sugerisse, sem fornecer qualquer definição criteriosa do que fosse o gênero, uma discussão em torno da expressão "jornalismo literário".

O nível só melhoraria de forma sensível no sábado, e quase tão somente pela intervenção de uma pessoa. Uma doutora cujo nome ele não tinha retido propusera duas discussões interessantes, uma sobre a responsabilidade implicada no ato de escolher o que se vai noticiar, uma vez que, para o grande público, o que não é veiculado de certo modo não existe, e outra, esta um tanto batida, a respeito de certo paradoxo fomentado pela grade curricular dos cursos de jornalismo do país, que apresentava aos graduandos, em disciplinas específicas e de forma pormenorizada, conceitos de ética e neutralidade de abordagem que só seriam aproveitados na prática caso eles virassem... professores do curso de jornalismo. "Já que, quando falamos de neutralidade político-ideológica, falamos de uma utopia", ela havia dito, a seriedade da expressão colocando parte da plateia em dúvida sobre o nível de ironia do discurso, "seria melhor que ensinássemos nossos alunos que não pretendem seguir a carreira docente coisas como 'a arte de desviar o foco de quem paga as suas contas', ou 'dicas para escrever a hagiografia do Cidadão Kane'. Qualquer coisa que fuja disso é criacionismo em aula de biologia".

Por volta das 19h do domingo, terminou de corrigir a última prova da faculdade. Tomou um longo banho com a ação conjunta das três duchas, uma tentativa de exorcizar a memória dos erros gramaticais da maioria de seus alunos, e vestiu as únicas calça e camisa sociais que restavam limpas. Agradava-lhe essa recompensa do metodismo, a sensação balsâmica de exatidão que sobrevinha a um planejamento bem-feito. Sairia no dia seguinte antes das 10h, e julgou por bem adiantar a organização dos pertences nas malas. Ao terminar, percebeu que guardara também o voucher, e levou dez dos vinte minutos que faltavam para a hora da mesa mais importante da noite rearrumando tudo.

O saguão estava visivelmente mais cheio do que nos outros dias, o que talvez se devesse à extinção da tenda dos livros no estacionamento. Havia um clima de encerramento no ar, e ele se perguntou, com uma ponta de tristeza, quando toda aquela gente acharia disposição e, sobretudo, recursos para se reunir outra vez, quem sabe com um tema mais abrangente, sob as bênçãos de um governo que, ao mínimo sinal de crise, cortava primeiro do quinhão destinado a eventos culturais. Espremeu-se até a entrada do salão, onde, atrás de um guichê improvisado, uma única funcionária recolhia os vouchers e entregava uma credencial em forma de crachá. Era a recepcionista do primeiro dia, do sorriso desarmante, dos cumprimentos com a mão. Usava um uniforme diferente, com um decote tragicamente menor, e os aros dos óculos tinham mudado de cor.

Depois de pegar uma pequena fila, ele se aproximou da mulher com a empáfia de quem se sabe íntimo a ponto de já haver compartilhado tiradas de humor. Sorriu sem mostrar os dentes, uma reação instintiva de humildade ante as pérolas enfeixadas que ela trazia por trás do batom, e estendeu seu voucher.

— E então, como anda esse verbo aí debaixo dos pés?

— Bem menos incômodo, agora — ele não prestou atenção ao ruído de falha emitido pelo leitor do código. — Na verdade, se até amanhã eu não vir nenhuma placa de tradução pra gringo com "You Will Love" escrito, já vai ter virado substantivo na minha cabeça.

— Eu te disse. Como é mesmo o seu nome completo?

Disse a ela, um certo capricho na pronúncia do sobrenome vagamente italiano. A atendente digitou tudo num laptop, uma ruga de preocupação oculta pela duvidosa franja diagonal. Outra pequena fila já tinha se formado atrás dele.

— Humm, parece que houve um erro, senhor — ela disse, depois de vasculhar uma lista de nomes. E, se havia algo que prenunciava tragédia, era a repentina substituição, por parte de um funcionário, de um tom de simpatia extrema por outro, de formalidade militar, ainda por cima antecedida de "humm".

— Que erro?

— Tivemos uma falha de contagem na distribuição das credenciais. Infelizmente, o senhor não vai poder assistir à mesa do salão.

— Não vou poder?!

— Eu sinto muito, senhor.

— Mas, minha querida, eu tenho um voucher — mais tarde, relembrando a discussão, ele pensaria que, na soma de todos os seus curtos contatos com a funcionária, jamais tinha chegado sequer próximo de chamá-la "minha querida", e em como era curioso que só num contexto de irritação esse tipo de coisa fosse possível. — Como é que com um voucher eu não posso...

— Eu entendo, senhor, mas não é a primeira vez que isso acontece — não entendeu o uso da adversativa. Por que essa crença infeliz de que a relativização de um prejuízo diminui sua importância para a pessoa que o sofre? "A empresa em cujas ações o senhor colocou todo o dinheiro da sua família acabou de falir, mas fique tranquilo, isso também aconteceu em 29." — Infelizmente, tem mais vouchers distribuídos do que lugares disponíveis lá dentro.

— Um overbooking, é isso?

— Mais ou menos, mas aqui o senhor tem como acompanhar o voo pela TV — ele não conseguiu acreditar que, em seu desespero, ela partia para a tática de tentar fazer graça; tentativa ridícula, que era ainda pior que a de pôr o dano em perspectiva. — O sistema estava um pouco lento, e isso acabou fazendo com que as reservas de várias pessoas dessem entrada nele ao mesmo tempo.

— Você está me falando que uma pessoa que presidiu a mesa de abertura desta porcaria de simpósio não vai poder assistir à única outra mesa em que estava interessado porque o sistema de vocês estava lento?

— O site é de responsabilidade da organização, senhor. Se o senhor quiser, eu posso chamar o gerente-geral. Mas devo lembrá-lo mais uma vez de que a mesa também vai ser transmitida ao vivo no bar...

Mas, com o mesmo aceno dos cumprimentos ao longo da semana, ele deixou a atendente falando sozinha e saiu da fila.

Não era possível. Uma viagem de uma semana a uma cidade que até o recebimento do convite ele tinha se esquecido de que existia estava conseguindo frustrá-lo num nível similar ao de novembro na faculdade. O que mais o espantava e irritava, agora, procurando o caminho do banheiro no meio daquela turba de escrevinhadores de notas sobre a vida no subúrbio, não era nem o fato de não poder acompanhar a mesa em si, mas a atmosfera geral que os órgãos oficiais criavam em torno de um imprevisto como aquele, e que transpunha, pela polidez dos testas de ferro encarregados de transmitir a notícia às pessoas prejudicadas, a culpa implícita por tudo, deles para aqueles que eles tinham enganado. "Sinto muito, senhor", "Eu posso chamar o gerente,

senhor", "Não fale alto comigo, senhor" não passavam de frases-
-código com o poder de inverter, num estalo, a dinâmica lesador-
-lesado, fórmulas de civilidade cujo objetivo era evidenciar, por
contraposição a uma possível grosseria, a desproporção entre
as reações a uma mesma notícia que, no entanto e obviamente,
tinha implicações diversas para as duas partes. Havia nas versões
ampliadas desse tipo de situação algo do pesadelo burocrático de
Kafka, da máquina abstrata que distorcia e transmutava sutil-
mente os direitos individuais desde a escala mais elementar, de
modo que a massa resultante do processo tivesse todo o aspecto
de um dever. Conhecia a sensação, inclusive, de outros âmbitos
— sua vontade, em momentos como aquele, era similar à que
tinha quando flagrava uma namorada tendo um comportamento
que, nele, ela havia censurado de forma enérgica: fazer com que as
corporações anônimas, por meio de seus representantes oficiais,
reconhecessem em voz alta a própria merda, sem espaço para
fatores atenuantes ou pronomes bajuladores, só a merda, pura,
decantada, podre. "Sim, deixamos de investigar um esquema de
fraude de licitações que desviou 90 milhões dos cofres públicos
da sua cidade, e parte desse dinheiro seria usada nas reformas
do pronto-socorro municipal, que incluiriam mais leitos na
UTI onde sua mãe não pôde ficar por causa da superlotação, de
modo que matamos sua mãe." No entanto, também da mesma
forma que acontecia no contexto das brigas de relacionamento,
limitava-se a um gesto de resignação, a um bufar que nada resolvia, o protesto patético de uma ilha ante o oceano que centímetro
por centímetro a engole.

    Saindo do banheiro, encaminhou-se pela enésima vez para o
bar, no final de um corredor-galeria responsável por prover aos

hóspedes os itens não disponíveis na cozinha do hotel. Estava vazio àquela hora, exceto por um casal mais ao fundo e por um homem de chapéu, sentado em uma das quatro únicas cadeiras disponíveis ao balcão. Afastou um dos bancos dois palmos do outro cliente, sentou-se e pediu uma tequila. Vinda da TV, a voz arrastada do jornalista que mediava a mesa o lembrou da do próprio Capote, e por um momento se perguntou se teria sido este o absurdo critério de escolha da organização. Depois se deu conta de que nunca tinha ouvido a voz de Truman Capote, e que a comparação fora feita levando em conta a atuação de Philip Seymour Hoffman no filme sobre o processo de escrita da obra que logo discutiriam na mesa.

Imaginou com a de qual escritor do passado sua voz se parecia. Os anos de magistério tinham-na desafinado no mínimo meia nota, naturalmente, mas talvez ainda conseguisse se passar pelo Ernest no telefone sem forçar muito. Quem sabe o Rui Barbosa. Por qualquer um dos russos, nem pensar, já que nunca tinha conseguido fazer o prolongamento do r que, em fonética, chamavam vibrante múltipla alveolar. William era uma hipótese — não tanto pela impossibilidade de um parâmetro comparativo, mas porque sempre fora bom em imitar bichas. De Borges, a melifluidade pausada talvez disfarçasse o espanhol deficiente.

— Mais duas doses e você consegue o logotipo das Olimpíadas.

O homem de chapéu falava com ele. Referia-se às marcas úmidas do fundo do copo no tampo de fórmica do balcão — três círculos em linha reta, cada qual formando uma pequena intersecção com o seguinte. O copo correspondente à quarta dose ainda estava no ar, seguro em sua mão, que já ia deixando o leve tremor pelo aborrecimento de há pouco. Podia seguir o conselho do desconhecido e começar outra fila na parte de baixo ou continuar em linha reta e formar, em vez de o símbolo das olimpíadas, o de uma famosa marca de carros importados. Por um segundo — que a bebida já começava a fazer parecer pouco absurdo —, aquela decisão lhe pareceu a mais importante de sua vida, ali, o carimbo de vidro suspenso entre os dedos, o passaporte do tampo à espera de uma definição que de alguma forma também era a da rota que tomaria a seguir. Talvez para demonstrar sua ausência de suscetibilidade, ou porque tivesse se convencido de que, fosse qual fosse a distância que deveria percorrer, era melhor fazê-lo de carro e sem a pressão por medalhas de uma olimpíada, ou, ainda, porque só faltava um círculo para aquela imagem, ele não formou uma nova linha, pousando o copo com o máximo de simetria no fim da primeira. Então, virou-se sorrindo para o outro homem, em cujo rosto até ali ele não tinha reparado, e o sorriso desapareceu.

Ele não percebeu, nem a princípio nem depois, que havia uma nota de decepção no rosto do escritor. A incredulidade por estar diante de um dos artistas que mais admirava, e que ainda trazia consigo, por associação e naturalmente sem o saber, uma série luminosa de memórias, foi suficiente para eclipsar todo o resto, de modo que se esqueceu por completo de sua irritação anterior, substituída pela ideia, quase dolorosa em sua possibilidade de concretização, de que, se sua entrada no salão de eventos tivesse sido permitida, não o haveria encontrado.

Uma das duas atitudes que ele sempre tinha ao deparar-se de forma casual com personalidades do meio acadêmico ou literário era rever mentalmente, num espaço de milésimos de segundo, todas as resenhas que já havia publicado na vida. Caso encontrasse uma só menção negativa, uma só ressalva que fizera à obra alheia, sua reação, embora na aparência cordial, manteria os dois pés bem firmes na defensiva, como alguém encontrando, numa festa, um antigo ex a quem traiu, e que evita lhe dar as costas por temer a punhalada. Lidar com o ego de intelectuais era estar sempre na iminência de vê-los transformados em um ex vingativo.

A outra atitude, mais voltada aos autores que de fato admirava, dizia respeito a um comedimento estudado das próprias maneiras. Uma das razões para esse comportamento, aquela na qual preferia acreditar, tinha a ver com impedir que o excedente de sua estima transbordasse para além do socialmente aceitável, pelo menos para alguém da sua idade, com o seu currículo e no ramo que havia escolhido. (Fosse no ensino médio, fosse no mundo adulto, a frugalidade era o melhor antídoto para o histrionismo quando se estava perto de quem se admirava.) O outro motivo, o quase ignorado, derivava da crença nunca totalmente descartada de que os bons escritores depreendem sua ficção daquilo que vivenciam, e portanto era melhor se prevenir da eventualidade de se tornar molde para uma caricatura unidimensional, dessas que estão ali de passagem, apenas para fazer avançar o enredo, e adotar uma postura centrada diante do objeto de sua admiração — uma postura que talvez sugerisse, para o gênio que a observava de fora, um conflito interno extrema ou ao menos moderadamente denso.

Agora, no entanto, diante do escritor num balcão de taberna, os comportamentos que, de tão recorrentes, quase integravam a lista dos instintos sequer tinham feito menção de vir à tona — ou, se vieram, no caso do equilíbrio emocional autoimposto, não houve a menor relação com suas originais razões de ser, mas, antes, com um senso de contemplação da própria sorte que superava a necessidade de verbalização. Isto talvez desse uma medida do respeito que devia à obra do outro homem. A ela não fazia ressalvas, não economizava encômios, não tinha medo de perder o senso de proporção. Das coletâneas de contos aos grandes romances, acompanhava sua carreira com a devoção que certos adolescentes dedicavam a franquias de cinema, desde que dela tinha tomado conhecimento, num remoto quarto de hotel — e era mesmo possível que essa correspondência de ambientações, quando a obra se materializara para ele no passado e quando o homem por trás dela o havia feito, agora, contribuísse para ampliar o fascínio com que o acaso embrulhava aquele momento.

A prosa racional e cartesianamente construída, sem, no entanto, jamais perder de vista o acento humano, certo tom experiencial (a *Erfahrung* cuja escassez na arte Walter Benjamin já havia diagnosticado num ensaio de 1933); a delicadeza do trato, uma nota de esperança imediatamente sufocada pela estridência de uma revelação capaz de inverter a assertiva bíblica sobre o caráter libertador da verdade, deixando-a mais próxima da variação proposta por Bloom ao referir-se aos contos do Anton, conhecereis a verdade e a verdade vos esmagará — eram tantos e tão variados os pontos em que a arte do escritor transcendia o escopo de mediocridade no qual grande parte de seus contemporâneos estava imersa que não seria capaz de elencá-los nem mesmo no surto de tietagem que logo e a custo estaria reprimindo.

Mas talvez o que mais o admirava no projeto artístico do outro, aquilo que não teria como deixar de mencionar na eventualidade de o surto romper a barreira da civilidade, era a construção integrada na qual se intuía uma espécie de identificação do fazer literário com o fazer arquitetônico, da maneira como o concebia a escola funcionalista de Bauhaus — uma subordinação irrestrita da forma à função (o "form follows function" de Louis Sullivan), ou, na explicação de Adolf Loos, a evolução que fazia com que uma cultura gradativamente "abandonasse o uso do ornamento em objetos utilitários". Não se tratava, contudo e obviamente, de declarar apenas a arte utilitária como válida, mas de prover de sentido o artifício do qual a arte — qualquer arte, com exceção, talvez, da música — se alimentava. Era o que aquele homem de meia-idade — fala pausada e rosto semiobscurecido pelo chapéu preto e pela barba abundante, quase uma caricatura de filme noir —, era o que aquele homem produzia, de tempos em tempos, na solidão de seu editor de textos que o autorizava a declarar o esvaziamento do virtuosismo presente nos 90% da literatura autodeclarada pós-moderna de que tinha ousado se aproximar, ou cujos ecos lhe chegavam por meio de professores mais novos e bem-dispostos. Escrever um romance inteiro sem empregar a vogal A (que engenhoso!), narrar toda a Guerra do Peloponeso utilizando apenas onomatopeias (que portento!), tudo se restringia, para ele, a umbiguismo estético, fetichismo disfuncional, o equivalente, em subliteratura, do pianista que toca com os pés. No fundo, como todas as admirações, a sua tinha um quê de transferência. A destreza do escritor no manejo da técnica que conseguia conferir funcionalidade a elementos que, em outros autores, tinha caráter randômico era a concretização de um ideal com que ele próprio, crítico, havia pretendido imbuir seu projeto literário em eterna gestação. Antes de deparar com aquela obra, por indicação de outra pessoa, tantos anos antes, existia uma inquietação subjacente a cada resenha e artigo que publicasse, e nos quais apontasse a vacuidade de parte do empreendimento pós-moderno — uma inquietação relacionada à mais falsamente rasa das críticas ao crítico, sua suposta incapacidade de enxertar uma pérola no lugar das bijuterias que desmascara. Mais de uma vez, a ideia de que a descoberta do autor amarense tornara menos premente sua própria estreia na literatura lhe havia ocorrido, uma atenuante da procrastinação posta em xeque dois anos antes, quando a notícia de que o escritor fora internado com suspeita de pneumonia tinha ganhado os jornais. A verdade é que, como um Édipo indeciso, temia a saída de cena do outro e, de alguma forma, também ansiava por ela, embora o sentimento predominante ali fosse sem dúvida o primeiro: tinha medo de estar diante do último cultor daquela integração magistral, e que um dia, muitos anos depois da morte do escritor, admiradores patéticos em sua orfandade organizassem simpósios como o que ali se realizava, enxergando continuidade onde só tinha havido pastiche.

Existia, assim, significado demais, admiração demais no que ele tentou transmitir ao outro homem com a contenção do olhar, o aperto de mão firme, as implícitas desculpas por não ter pousado o copo no local sugerido. Se de fato as identificou, o escritor aceitou cada pequena demonstração de reconhecimento com naturalidade, ou, antes, com indiferença, como se lhe fosse algo devido ou que há muito se abstivera de desencorajar. Quando percebeu que não obteria nenhuma nova abertura para o estabelecimento do diálogo, como se o experimento com o copo tivesse sido um teste no qual ele tinha reprovado, o crítico prosseguiu.

— Eu não fazia ideia de que o senhor estaria aqui hoje.
— Na verdade, cheguei no início da semana.
— Ah, sim. Veio acompanhar o evento? Bom, é óbvio...
— Na verdade, sou um dos idealizadores.

Balançou a cabeça. Claro. Aquilo explicava o motivo de um simpósio daquele porte ser realizado numa cidadezinha do subúrbio, o município natal do escritor. Pensou nessas pessoas que, na velhice, viram o astro central da existência do núcleo familiar, cuja rotina passa a girar em torno das necessidades e de cada pequena excentricidade delas, ou nesses eventos fortuitos cuja notoriedade mundial catalisa mudanças permanentes no local em que se dão. A estrutura que tinha permitido a Amará possuir um hotel daquele porte talvez fosse tão devida à reputação do escritor quanto as enormes trincheiras, viadutos e anéis viários que hoje rasgavam o mapa de Vila Magnólia se deviam ao evento esportivo nacional que a cidade havia sediado.

A permanência da locução nas respostas às suas duas perguntas teria demovido o crítico de prosseguir com qualquer outro interlocutor. Não ali, não com ele, disse a si mesmo, antes de ter sua nova investida silenciada pelo indicador em riste do outro homem, que agora encarava a TV.

— Você ouviu o que esse palhaço disse?
— Quem?
— O médico ali.
— Tem um médico na mesa?
— Meu filho, depois que o diploma deixou de ser obrigatório...
— É, é verdade... — teve o cuidado de não parecer animado demais. — O que ele disse?

— Que *A sangue frio*, veja você, é um fracasso ideológico. Que a identificação de Truman com um dos assassinos o fez relativizar seus atos, romantizar suas escolhas, sabotar a intenção inicial do livro, de isenção emocional. Que o maior equívoco de um documentarista do lado escuro dos seres humanos é não manter em mente aquele conselho do Nietzsche, logo do Nietzsche!, de que quem lida com monstros deve cuidar constantemente para não se transformar ele próprio em um. E que o Truman, o mito que se criou em torno do Truman, é uma farsa. Não sei quem aprovou a escolha desse cara...

— Alguém tinha que encarnar a oposição. Congressos sobre unanimidades literárias não são congressos, são igrejas.

— O pior — o outro continuou, alheio à interrupção — é a parte da farsa. Você consegue ver outra coisa num simpósio... num simpósio de jornalistas! Consegue ver algo além de um encontro de farsantes? Tem uma cena daquele romance do Chico, *Budapeste*, em que o narrador descreve um congresso de ghost-writers. Um bando de gente se revezando numa tribuna para falar dos discursos proferidos por pessoas famosas em ocasiões solenes — políticos, artistas... —, discursos que eles, os ghost-writers, escreveram. Então você percebe que eles esperaram o ano inteiro por aquela oportunidade, que ali é o único lugar em que podem de fato se orgulhar publicamente do que escreveram — e que, justo neste momento, ninguém presta atenção em ninguém, todos estão ocupados demais repassando os próprios currículos. É tão patético quanto isto aqui — ele abrangeu o entorno com uma das mãos, que depois se voltou para a TV. — Esse imbecil está basicamente acusando o Truman de ser jornalista.

A virulência do comentário o pegou um tanto de surpresa. Mesmo assim, não pôde deixar de registrar, com um bobo enternecimento, que o escritor havia se referido a dois grandes autores pelo primeiro nome. Teve cuidado para que sua frase seguinte não soasse acusatória, que apenas transmitisse uma legítima curiosidade.

— Ainda assim, o senhor ajudou a idealizar o evento...

— E provavelmente estarei na comissão do próximo. É o meu Complexo de Engels, suponho.

— Ah... Complexo de...?

— Engels. O magnata que bancava um intelectual para incitar o mundo a acabar com a propriedade privada, com os privilégios da burguesia.

Procurou não demonstrar mágoa pela aparente suposição do escritor de que ele não soubesse quem era Engels, nome cuja pronúncia não tinha entendido da primeira vez.

— Então — disse — o senhor se sente incluído nessa... humm, roda de hipocrisia que mencionou?

— Sabe, eu li em algum lugar que, quando Copérnico divulgou sua teoria de que era a Terra que girava em torno do sol, e não o contrário, houve quem o desancasse dizendo que, se ele acreditava mesmo que o sol era o centro do universo, deveria ir morar lá. Quando alguém chama Engels de hipócrita por ter sido rico, eu sempre me lembro dessa crítica.

— Mas então, se o foco do tal complexo não era a hipocrisia...

— Não disse que não era. É só que certas metáforas às vezes ficam maiores do que suas próprias contradições, e recorrer a outras não tem o mesmo impacto. Falando do círculo de hipocrisia, talvez eu seja o maior representante dele.

Por mais que tivesse considerado o volteio retórico desnecessário, o crítico forçou-se a levar a conversa adiante, indagando se o outro se referia "àquela história de 'gênio por encomenda'". Embora indubitavelmente brilhante, o escritor também era conhecido por ser um artista cujas melhores obras lhe haviam sido encomendadas por editoras, separadamente ou em coleções temáticas. Quando escrevia sem esse motor (e havia pelo menos quinze anos que não se atrevia a fazê-lo, segundo o que o crítico tinha lido), o resultado ficara tão abaixo de sua produção encomendada que muitos especialistas se recusavam a acreditar que se tratasse do mesmo autor. Isso tinha criado a noção de uma criatividade condicionada, ou só desenvolvida em toda a sua potencialidade quando lhe davam um norte.

— Não — o homem respondeu, no entanto, reforçando com a cabeça. — Falo de uma farsa literal, alguém que não merece a notoriedade que tem.

O crítico sentiu então um desapontamento nostálgico, como se vindo da própria infância, depositando-se pesado sobre seus ombros. Com a infinidade de caminhos que seu ídolo — no plano ficcional tão pouco afeito ao previsível — poderia trilhar, havia escolhido justo o da falsa modéstia. "Sou uma farsa", "fiquei surpreso com o sucesso da obra", "bons mesmo são os autores que li", nunca vira nisso algo além de súplicas desesperadas e óbvias pela permanência na memória dos leitores, declarações veladas da própria supremacia, um falso desconversar que só fazia trazer o foco da conversa com mais intensidade para o próprio emissor. Tentou enxergar, sob os gestos firmes do outro homem, sob os olhos tornados maiores pelas lentes dos óculos de grau, uma razão diversa para aquele comportamento tão incompatível com sua estatura. Não a encontrou, no entanto. Mas tampouco encontrou, somando aspectos físicos e circunstanciais, o qualificador que havia suposto para a modéstia. Curiosamente, a falsidade não soava verossímil naquele contexto, já que ambos não se conheciam, e que o escritor tinha acabado de demonstrar a mais tranquila indiferença aos sinais de admiração idólatra dele. Seria possível que não os tivesse notado? Achou que não... Ainda assim, quis fazer um teste, ou devolver o teste anterior. Bem-humorado, pediu licença para discordar e disse que, se havia alguém, naquele mundo lítero-jornalístico eivado de plágios velados e *revivals* insossos, capaz de reivindicar para si um título de originalidade que só não podia ser chamada de absoluta porque se valia do mesmo alfabeto que seus pares medíocres, era ele, o escritor. O rasgo e a breguice do elogio eram calculados. Àquela altura, até mesmo o automático obrigada que as misses costumam dar sempre que lembradas do quanto são belas seria suficiente para confirmar sua primeira impressão, e por um instante ele teve medo de estar certo. O obrigado, porém, não veio.

— Você pensa que está imune, não é?
— Como disse?
— Você. Acha que está imune a tudo isso. Em algum nível, pode até ser que concorde comigo, pode até ser que consiga perceber a mesma reunião de crianças desesperadas por aprovação que são esses eventos. Mas o fato de não tomar partido, de não produzir, para este ou para qualquer outro gênero que contenha um risco de morte profissional ou simples queda no ridículo um pouco maior, meio que te distancia de tudo. Nada disto aqui é com você. É só um biólogo observando uma colô-

nia de formigas, com uma lupa pra torrar algumas de vez em quando; separando as ceifeiras das tecelãs, na sua cabeça ou em artigos científicos. Rotular te dá a ilusão de distanciamento, porque é sempre preciso ser maior do que um objeto para saber em qual caixa ele vai caber. Sabe como é, o Deus da Bíblia não disse para as coisas darem nomes a si mesmas, ele delegou a função a Adão, que talvez por isso tenha começado a se ver como um igual do seu criador. Veja bem, a matéria-prima de onde a maioria desses jornalistas aí fora extrai seus textos é quase sempre a pior parte da vida de alguém, e eles somam a esse aproveitamento parasitário um tratamento estético que, pra gente como você, é quase tão hediondo quanto o acontecimento que serviu de mote. É isso: a verdadeira tragédia é a tragédia estética, porque deixa de embalsamar a real, e perde a chance de justificá-la. Se pudesse entrar numa máquina do tempo, voltar à década de 50 e impedir que aquela família fosse assassinada, anulando a existência de *A sangue frio*, você hesitaria. Mesmo que no fim acabasse entrando, você hesitaria. Porque chega um momento em que o processo se inverte, a ficcionalização do real é de tal modo refinada que passa a ter primazia sobre o próprio real. Ou então isto: você se sente moralmente superior porque disseca tragédias imaginárias. Não há implicações éticas, e você pode se dedicar apenas à dimensão da linguagem. Das estruturas sintáticas, das associações engenhosas, da investigação filosófica, do intertexto. Anda pelo centro do matadouro e sai com as roupas imaculadas do outro lado, porque o matadouro é cenográfico e porque você está de capa. Mas a covardia permanece, na verdade se expande, quando o fator ético é eliminado da equação; ainda não há risco, você sabe disso, o produto do seu trabalho segue sendo desprovido de autonomia, uma coisa tão irrelevante quanto a caricatura de uma tela hiper-realista, só evidenciação exagerada de traços, ou, em termos platônicos, a sombra deformada da sombra fiel de uma coisa de verdade, uma coisa que, por mais que tente, você não consegue enxergar se não for pelo filtro da máquina etiquetadora que tem na cabeça. Quando diz, assim, nesse bom humor todo, que não acha que eu seja uma farsa, sua intenção fica cristalina: me ver no papel do artista que tenta negar, observar o momento exato em que entro para as estatísticas dos intelectuais falsamente humildes, quando então me diferenciarei em definitivo de você, um sujeito a quem simplesmente não ocorre pedir desculpas por ser melhor do que a média do mundo; que, muito pelo contrário, espera que o mundo apareça na porta para reconhecer a própria inferioridade. Alguém que se exclui do próprio meio como uma criancinha que quebrou por acidente a janela do vizinho, mas é incapaz de admitir, porque isto implicaria aceitar que sua mira às vezes falha, e falha feio... O seu comentário infeliz sobre aquele coitado... Sabe, sou capaz de jurar que em nenhum instante você pensou em se retratar, em nenhum momento voltar atrás te pareceu uma opção. Não... Você só andou para longe do barulho e esperou um representante, qualquer um, mesmo que fosse uma publicação de cujo caráter "redentor" você mesmo já tinha desdenhado, esperou que um representante da festa da qual você havia voluntariamente se retirado viesse até você e te pedisse para voltar. Esperou que os organizadores de um evento sobre um gênero que você crê esgotado o convidassem para abrilhantá-lo, para emprestar, com a sua presença, alguma credibilidade à coisa toda. E agora está aqui, como quem assiste a uma peça horrível da tribuna de honra, ignorando que a tribuna faz parte do palco, e você, do elenco. Não ache que está sendo sutil, dá pra deduzir o que estou dizendo de quase toda crítica que você assina. Quer um exemplo? Você condena o foco obsessivo na estrutura, no acessório linguístico irrelevante, manifestado como um fim em si mesmo num conto ou num romance ou num poema, mas acredita que a literatura, como a pintura, a música, a escultura, é uma forma de arte essencialmente autotélica, que ela perde seu caráter atemporal, se torna panfleto moralmente situável ou datável no instante mesmo em que abraça de forma explícita uma causa, uma ideologia. Você aceita, e até endossa, essa alienação ética da arte em geral, mas despreza o uso do artifício estético que não se submeta a uma exigência intrínseca do enredo. Existe uma contradição bem evidente nessa ideia: se as gratuidades da obra em relação à sociedade e da obra em relação a ela própria são da mesma natureza, já que ambas reivindicam a autonomia do significante, por que só a primeira seria desejável? Percebe como não dá pra te dissociar desse nosso contexto de farsa? Por que seu papel nela é o mesmo de alguém que acredita que literatura e jornalismo não sejam opostos na essência? Essa gente aí fora finge que não são, e finge com tanta convicção que a coisa se torna impossível de refutar, para eles. Há utilitarismo na informação, há fruição na arte, e ninguém se importa em embelezar literariamente uma tragédia, em destituí-la de parte de sua verdadeira gravidade, se o saldo disso for um defunto vistoso. Agora, o que você acha que pessoas como eu, como nós dois, gente que no fundo se ressente da falta de ressonância social do próprio trabalho, o que pessoas assim deveriam fazer para aplacar, um pouco que seja, a culpa por não estarem contribuindo para abrandar as mazelas que pipocam de tal modo a seu redor que se manter apático às vezes demanda literalmente fechar os olhos? Contribuir com alguma instituição beneficente de idoneidade comprovada? Criar uma? Ajudar a organizar um evento como este, em que a literatura se aproxima de sua prima sem maquiagem e, numa relação de escambo, tenta obter dela, em troca de um pouco de pó compacto, de um par de cílios postiços, sua relevância social como suporte de denúncia, de informação útil, de mediação entre o hermetismo da academia e uma linguagem acessível à população em geral? Todas essas possibilidades, mas principalmente a última, todas elas não passam de uma falsa filantropia, ou de uma filantropia como a concebeu o Tolstói. O que você, dando aulas no curso de jornalismo há o quê, quinze anos?, o que você e eu, ensejando encontros como este, estamos fazendo é muito simples, e também deplorável: nós só atestamos que a arte eticamente autônoma está disposta a fazer tudo pela superação dos problemas sociais do contexto histórico em que se insere, menos parar de ignorá-los dentro de seus próprios domínios. Não queremos nos comprometer a longo prazo, sacrificamos nossa alma a um Mefistófeles chamado atemporalidade. Todos a bordo do mesmo barco, fingindo que não sentimos o cheiro do lixo que boia ao redor, ou melhor, mascarando esse fedor do jeito que dá, o que é quase nada. Minha empatia pelos problemas do mundo é próxima de zero, hoje, assim como a sua, e não se altera, não avança nem reduz, nada do que está aí é comigo, também. Eu costumava lidar bem com isso, a ideia de que não cabe à arte emendar o mundo por muito tempo foi suficiente para mim. Só que o modo como a mídia lidou com a minha internação, há uns anos, e os meses desde que comecei a trabalhar na organização deste simpósio, lendo matérias e livros e artigos sobre a função do jornalismo e sobre a função da literatura, tudo isso tem me feito reconsiderar o valor do que já publiquei, ou do simples ímpeto de compartilhar com o mundo essas obras. Não sei bem o que estive procurando, o que me atraiu de repente a esse universo do jornalismo, se tinha agora uma razão pessoal para repudiar a conduta de quem nele já vivia. Talvez achasse que o contraste com esses entusiastas do embelezamento de calamidades públicas e privadas fosse colocar minha carreira em perspectiva, me fazer perceber que não existe diferença essencial entre o que faço e o que essa gente faz, ou, antes, que tenho menos motivos para me envergonhar do que eles, porque, afinal, como escreveu a Janet Malcolm, qualquer jornalista que não é muito idiota ou muito cheio de si para perceber a realidade sabe que sua atividade é moralmente indefensável... E então, uma tarde, em algum ponto do seu artigo sobre as biografias não autorizadas, eu percebi que você entendia. Mesmo sendo um ferrenho opositor da crítica literária que se pauta pela biografia do autor, mesmo escrevendo, naquele caso, sobre celebridades de televisão, sobre gente que se fez notória por ninharias em termos de realizações, você entendia, ou deixava subentender, que há certas existências anônimas capazes de suscitar, naqueles que subsistem a elas, uma urgência muito maior de se fazerem conhecidas por meio de suas obras, uma urgência à qual quem sobrevive não pode dar as costas, mesmo que isso implique uma negação imoral da vontade alheia, como Max Brod levando os originais de Kafka à publicação sem o consentimento do amigo, porque quando condescendemos com certas vontades deixamos de lesar quem nunca mais voltará e lesamos quem ainda existe e quem ainda está por nascer, ignoramos presente e futuro em favor do pretérito, em favor daquele que ficou parado e a quem nunca mais será dado contestar o não cumprimento de qualquer recomendação. Depois de ler o que escreveu, passei a me ver menos como um farsante e mais como um biógrafo não autorizado... Parece irônico, até canalha dizer isso agora, e no entanto é verdade, me vi como um biógrafo cuja obra capital tivesse sido fragmentada ao longo de toda a vida por meio de literatura, de contos, de romances, de poesia. O desconforto que me rondava desde que publiquei meu primeiro livro tinha sido pela primeira vez reduzido de maneira significativa, como que pela ação de um analgésico para a consciência, mas de efeito parcial. Daquele momento em diante, senti que precisava te encontrar. Já que relativizar não era suficiente, eu precisava expor, uma confissão a um padre ou psicólogo cuja capacitação para ouvi-la fosse além de uma distinção religiosa ou acadêmica, que houvesse uma ressonância pessoal da minha história na vida de quem se dispusesse a me escutar. Não quero que pense que sua convocação para o simpósio veio a propósito deste encontro, que no fim das contas podia ter acontecido ou não, eu não fazia ideia de que você ia entrar aqui, agora... E é claro que nada o impede de voltar ao seu quarto e colocar esse sermão todo na conta de uma rivalidade atávica entre críticos e artistas, mesmo que eu não me encaixe em nenhuma das duas categorias... Não, não é falsa modéstia. Se você ficar, se decidir ficar, vai entender que não é.

O crítico permaneceu em silêncio durante um tempo insuficiente para digerir tudo o que lhe havia sido dito, também porque as últimas partes do monólogo, pródigas numa mistura contraditória e um tanto caótica de conceitos relativos à ética e à estética, à arte e à realidade, bem como em um crescente senso de culpa e em uma estranha tentativa de irmaná-los profissional e moralmente, acabaram se superpondo às primeiras, em que a virulência contra ele tinha atingido os níveis mais altos. Apesar da alegação do caráter acidental do encontro, pareceu-lhe óbvio que uma parte significativa do discurso do escritor tinha sido ensaiada, provavelmente de maneira exaustiva, o que não se notava tanto pela naturalidade com que havia sido proferida, mas pelo detalhismo e pela complexidade das reflexões sobre sua vida, suas convicções, seu trabalho. Mesmo sem ter ideia do que aquilo significava, ou talvez por isso, ele levantou os olhos para o bar, que continuava quase vazio, e disse, antes de apear do banco e ir sentar-se à última mesa:

— Você paga a bebida.

Segunda parte

Ao contrário do que costumava fazer em seus textos, o escritor iniciou sua fala de maneira tradicional, uma espécie de contextualização histórica que situava a narração entre os anos de 1985 e 1986, período no qual, relembrou, como se aquilo fosse ter importância em algum ponto do relato, o país vivia o auge da crise inflacionária, um clima sob qualquer aspecto tenebroso, sobretudo para quem estivesse no meio do processo de desprendimento da casa dos pais, como ele, então um estudante de Direito e estagiário meio período num escritório de advocacia. O tempo e o dinheiro depauperado se equivaliam na escassez, divididos entre um quarto de pensão, os calhamaços do curso e os raros passeios com a namorada, Daniela, que ele havia conhecido numa manifestação para o fechamento de um supermercado local que tinha infringido a tabela de congelamento de preços da Sunab, oito meses antes. Ela havia participado do protesto por ativismo (e, é claro, por desconhecimento do que de fato provocava o aumento constante); ele, por necessidade. Muitos anos depois, ele revelaria numa entrevista para um programa de TV local que a forma como Daniela tinha inutilizado um remarcador de preços, desmontando cada engrenagem como se fosse um soldado desarmando uma pistola, era o que o tinha feito se apaixonar. "Uma certa delicadeza na guerra, não sei..." Ela apenas espantaria a lembrança da ingenuidade com a mão, como a uma mosca.

Já seria bastante exaustivo lidar com os percalços iniciais de uma vida autônoma num contexto econômico como o brasileiro daquele tempo, em que tudo custava, à tarde, mais caro do que tinha custado pela manhã, mas havia dois agravantes, no caso do escritor: a saída gradativa de casa não tinha sido voluntária, mas imposta; Daniela estava grávida. Existia a suspeita, entre os pais do rapaz, de que a namorada e ele houvessem aderido a uma lenda urbana então em voga, segundo a qual o sexo praticado em pé não comportava risco de gravidez, por causa da gravidade — desculpa ridícula que, segundo o escritor, estava sendo usada como disfarce para o real motivo da decisão: com 21 anos e um histórico considerável de abandonos de emprego, os pais temiam que ele acabasse prolongando os estudos para além do tempo da graduação, e tivesse, assim, outro motivo para permanecer sem "trabalho de verdade", porque sempre haviam considerado sua ocupação no escritório uma coisa quase voluntária. Como pertencessem a uma geração para a qual a penúria era um estágio necessário, até inescapável, do processo que conduzia à autossuficiência e à consolidação do caráter, os dois tinham julgado por bem acrescer, à situação já emergencial do filho, a urgência financeira de um lugar para ficar.

Com os pais da namorada, as coisas não corriam muito melhor. A antipatia dos sogros se devia, em parte, a um histórico ruim com advogados, um dos quais havia feito, alguns anos antes, um acordo com uma empresa de telefonia que os dois estavam processando sem o consentimento deles, e sumido com o dinheiro da indenização; em parte ao fato de não enxergarem no escritor, na época pouco mais que um adolescente de rosto encovado a ponto de sugerir uma DST, e que escapava até à relativa elegância dos estudantes de sua área ao preferir, às roupas sociais, camisetas de bandas com logos indecifráveis; em parte ao fato de não enxergarem nele a fibra moral que esperavam de alguém à altura da filha, cuja gravidez foi o arremate responsável por tornar essa lista de oposições ao mesmo tempo irrevogável e inútil. No auge de sua desilusão, o sogro chegou a proibir de vez a presença do escritor em sua casa, além de exigir que a esposa acompanhasse a filha nos passeios com o namorado, ignorando os argumentos da mulher (aliás, feitos aos sussurros, para que a menina não achasse que ela se referia ao feto) de que "agora a merda já estava feita".

Apenas por receio de agravar o estrago, deixando filha e neto sob a tutela de alguém sem emprego e muito menos responsabilidade, os pais de Daniela tinham concordado em mantê-la em casa, ainda que sob um regime de constante humilhação. Para o escritor, as coisas pioraram um pouco mais quando o escritório de advocacia em que estagiava teve de fechar as portas, depois que os donos foram obrigados a juntar seus recursos e pagar um colega para defendê-los num processo de sonegação fiscal, o último dominó numa fila cujo peteleco inicial também fora dado pela hiperinflação. Sem emprego, com um filho a caminho e o aluguel em vias de atrasar, o escritor precisou trancar a faculdade, vender os livros e procurar um lugar mais barato para viver.

Àquela altura, a magnitude do que seu erro significaria no decorrer do plano que havia esboçado para si mesmo começou a se fazer assustadora para o rapaz. A perda quase simultânea dos vínculos familiares, com a universidade e com a carreira o deixava à deriva numa espécie de vácuo espacial, privado até mesmo da gravidade, o referencial mais básico que poderia lhe indicar para que lado ir. Há, ele pensava agora, distanciado do terror que ia então se avolumando na alma, há um orgulho que, mesmo nestes casos, e desde a descoberta da gravidez, subsiste, e que nos impede por um tempo de admitir que talvez estejamos enveredando pelo mesmo caminho que nossos pais, ou amigos, ou conhecidos, ou gente de quem só ouvimos falar, mais com alívio do que com piedade, porque afinal não éramos nós, pessoas que acabaram trazendo, sem planejamento e por imperdoável descuido, uma nova criatura ao mundo, e a partir de então tiveram de readaptar cada pequena curva do trajeto que as conduziria do cenário de estagnação em que se encontravam àquele cheio de realizações para o qual sempre se supõe estar destinado, tiveram de adicionar uma rota alternativa que transportasse primeiro o novo ser para a segurança almejada, revivendo com ele o horror e a inutilidade de situações e fases e percursos que só anos depois farão sentido, ou deixarão de assustar, dificuldades que no fim só se pode contemplar e torcer para que fortaleçam algo no interior de quem as sofre, mesmo que, em nós, elas apenas tenham resultado em esmorecimento — esse orgulho, enfim, que nos faz criar a ilusão de que nada precisa mudar, de que um filho será apenas uma nova responsabilidade, boleto vitalício cuja quitação envolve abstrações sentimentais, ceder amor e ser alvo de no mínimo alguma gratidão, embora desde o princípio saibamos que nada será igual, que dali em diante haverá, em nosso instinto de sobrevivência, um hiato apontando para fora de nós, para a urgência de se pôr aspirações e projetos e veleidades de lado pela simples garantia de que o outro terá o suficiente pelo próximo minuto, de modo que perdemos o direito ao pessimismo e passamos a um existir calculado em função de outro, daquela segunda consciência de cujas primeiras etapas sequer nos é dado abrir mão, como fizemos em relação à nossa própria consciência, um punhado de flashes sem nenhuma nitidez resumindo tudo o que sucedeu antes de determinada idade. O enfraquecimento desse tipo de orgulho não tarda a ocorrer, substituído por demandas mais práticas, como a de encarar os nove meses da gestação como uma contagem regressiva para se pôr a vida em ordem, ou o mais próximo disso.

    Com a ajuda de uma amiga mais velha, e obviamente sem o consentimento dos pais, Daniela, que ainda cursava o último ano do colegial, começou a sacar dinheiro de sua poupança universitária para manter o namorado vivendo numa república enquanto não conseguia outro emprego. O irmão mais velho dele também o ajudava com remessas mensais de provisões, enlatados, sacos de arroz, sucos artificiais, embora o orgulho do escritor ainda não tivesse sucumbido de todo, de modo que, mesmo naquelas circunstâncias, aceitar propostas que estivessem "aquém de suas qualificações profissionais e intelectuais" lhe soava como jogar a toalha. Amparado na fugaz sensação de estabilidade que a ajuda da namorada e do irmão lhe davam, ele decidiu tentar a sorte transformando um hobby antigo em potencial fonte de renda. A ideia lhe havia ocorrido durante uma visita à biblioteca municipal onde passava parte das manhãs estudando para quaisquer concursos públicos que surgissem, e em cujo mural deparou o informe de um concurso de contos com premiação de 2.300 cruzados.

— Dois mil e trezentos cruzados? — disse o crítico, interrompendo pela primeira vez a narrativa. — Isso era muito, naquela época.

— Era porra nenhuma.

— Claro que era. Lembro que no começo de 85 eu dava aulas num colégio particular e ganhava o quê, 300 mil cruzeiros. Isso antes do plano do Sarney.

— O corte dos zeros só fez parecer que a coisa deu certo. O congelamento já tinha desaguado na cultura do ágio. O salário mínimo ia quase todo pra bancar o unzinho a mais que todo mundo estava exigindo, do padeiro ao vendedor de concessionária. Só que, para mim, ali, aquilo era a solução pra tudo. Pro que eu devia à Daniela, pra uns seis meses numa república mais barata e pra me inscrever nos concursos mais importantes do ano. Escuta, antes que eu esqueça, você conhece um conto do Jorge Luis Borges chamado "A forma da espada"?

O crítico fez que não tinha entendido a pergunta, que o outro repetiu.

— Ahn... sim, conheço.

— Lembra mais ou menos do que acontece nele...?

Não entendeu onde aquilo ia dar, ou se já tinha a ver com os efeitos do álcool.

— Acho que sim. Lembro, sim.
— Ok, que bom. Esse conto é importante pro que eu estou contando. Mais tarde voltarei a ele.
E prosseguiu com o relato.

A partir da descoberta do concurso, o plano do escritor consistiu em vencer o prêmio principal e passar os próximos seis ou sete meses numa rotina ascética, que se resumiria a acordar cedo, pedalar quarenta minutos até a biblioteca municipal, no centro, tomar café da manhã, almoçar e jantar no restaurante universitário (levaria quase um ano até sustarem a carteira de estudante) e acompanhar, duas vezes por mês, sob as fungadas insuportáveis da sogra, os exames pré-natais de Daniela. A crença na possibilidade de isso dar certo lhe pareceu irrefutável, naquele momento e em boa parte dos que se seguiram, como se o desespero o fizesse míope ao fato de que as primeiras medidas remediadoras nas quais nos fiamos, nessas situações, são quase sempre as mais propensas ao fracasso, ou talvez fosse menos o desespero e mais uma recusa, disse, uma insubmissão ao que as circunstâncias lhe impunham, porque somos programados para rejeitar pelo máximo tempo possível a ideia da rendição, de abandonar uma por uma as coisas às quais, em algum momento da vida, quisemos com todas as forças nos dedicar, ainda mais quando esse abandono ou essa pausa de duração indeterminada se dá devido a alguém que ainda não existe, que é apenas um amontoado de material orgânico, células agrupando-se em torno de um pequeno ímã de vida, uma combinação de elementos antes espalhados pela superfície da Terra, dispostos em frutas, diluídos na água, integrados ao dorso de um ruminante, estruturas de dimensão desprezível cuja existência isolada não o afetava mais do que o movimento dos astros no céu, mas que, combinadas, perfaziam o ser ou o vir-a-ser cujas necessidades era preciso antecipar. Ocorreu-lhe que os meses que antecedem o nascimento de uma criança não planejada são sempre pródigos na manifestação de um ódio em estado bruto, por parte de um dos pais ou mesmo dos dois, já que ainda não se pode contar com a tangibilidade da figura fora do útero, da criatura física a cujo mero sorriso tantas vezes eles recorrerão ao longo da vida como forma de atestar, para si mesmos e para os de fora, o quão válidos foram os seus esforços, ainda que em algum nível discordem disso.

O detalhismo daquele plano talvez tivesse a ver com uma tentativa de criar para o futuro um caráter tão meticuloso quanto o que costuma envolver o passado, e quem sabe estender ao porvir a imutabilidade inerente ao que já se deu. Mas a realidade mais uma vez se empenhou em nocautear a metafísica, de modo que ele não conseguiu vencer o primeiro concurso, para o qual tinha enviado a história de um estudante de advocacia que se desilude da faculdade e desenvolve o próprio modelo teórico de uma sociedade igualitária, que o personagem tenta aplicar ao contexto familiar e, depois, a seu círculo de amizades, com resultados divergentes ensejando uma discussão sobre o que o autor bobamente havia descrito como "a incompatibilidade entre as demandas por equidade" — segundo ele, sem sequer eliminar a rima involuntária.

— Não havia nada, ali. Como crítico e principalmente como leitor, você sabe quando existe uma centelha se formando no meio daquele monte de carvão molhado que é a prosa de um autor iniciante. Por essa época, aliás, li que o Faulkner comparou o efeito da literatura ao de um fósforo aceso, à noite, no centro de um campo vasto, porque ambos não nos fazem enxergar as coisas com mais clareza, mas dão uma dimensão da escuridão que nos cerca. Talvez eu tenha me apegado demais à noção de que riscar um fósforo não exige tanto esforço, e achado que escrever bem era basicamente ter ideias grandiosas, que estrutura e estilo não passavam de bobagem, ao contrário do que disse o Nabokov.

— Bom, talvez também porque, pra você, o que correspondia à chama, nessa analogia do Faulkner, eram as ideias. Todo o resto era o palito.

— Não tente me defender, você não faz ideia de como eu escrevia, naquela época.

— Bem longe disso. Aliás, por esse primeiro argumento, deu pra ver que nem a ideia salvava, em você. O que não surpreende. Leva tempo pra entender algumas coisas que depois vão parecer óbvias. Que não dá pra chegar num efeito sem causá-lo, por exemplo. Fazer fogo sem o palito, acender o palito sem a caixa etc. É isso que muito autor tem dificuldade pra perceber. A gana pelo topo os cega, eles já querem chegar pondo fogo no campo pra tirar as zonas periféricas do escuro. Como se isso fosse possível, aliás.

— Você acha que não é?

— Talvez não, assim... como direi... de uma maneira literal. A escuridão sempre vai existir. O que se pode fazer é usar artifícios pra reduzir ainda mais o alcance dela. Uma sequência de espelhos bem posicionados, além do fósforo aceso, é suficiente pra iluminar o universo inteiro. Mesmo que só por uns instantes.

— Tu roubou isso de alguém.

O escritor contou que também não tinha chegado ao pódio do segundo concurso, cuja premiação era ligeiramente menor. E nem ao do seguinte. E nem do outro. E do próximo. Sequer conseguia entrar na lista de menções honrosas, apesar de considerar a possibilidade uma derrota de certo modo ainda maior, já que eliminava a eventualidade, na qual ele gostava de se consolar, de seu texto sequer ter sido lido graças a alguma inadequação estrutural prevista nos editais, e que lhe havia passado despercebida. Tentou variar a abordagem, mudar a pessoa do discurso, os tempos verbais, o enfoque, das ações para a psicologia dos personagens. Chegou a desenvolver vinte páginas de texto com três ou quatro falas, intercaladas por oceanos de engrenagem reflexiva. O resultado, porém, lhe parecia falso, uma tentativa quixotesca de usar o mecanismo da linguagem, que transmite conceitos de maneira linear, para emular o processo de produção e armazenamento das percepções mentais, realizado por superposição. Passou, então, a culpar o tempo perdido no curso de Direito, que lhe pusera alheio às tendências da literatura contemporânea — sem falar na mania, que perdurava até hoje, de empregar latinismos como muletas totalizantes durante a apresentação dos personagens. De modo geral, achava que sua escrita tinha sido irremediavelmente contaminada com o pragmatismo jurídico, a clareza avessa a zonas cinzentas que se exigia das sentenças oficiais.

— Sempre dá pra reconhecer um escritor em início de carreira pelas coisas que ele culpa pela própria mediocridade — disse o crítico, bamboleando o fundo úmido do copo no descanso de couro. — Nem você escapou a isso...

— Eu não escapei a muita coisa. E quanto à mediocridade, bom, pelo menos eu tive uma realidade imediata me alertando para a existência dela. O que pode incitar esse tipo de autocrítica, hoje em dia? O corretor ortográfico do Word?

As brigas com Daniela, cuja conta bancária ia matizando de maneira perigosa em direção ao vermelho, ficaram constantes. Havia dias em que faziam todo o trajeto da casa dela até o hospital, de carro, sem se falar, e o silêncio se mantinha durante a ultrassonografia, o que devia provocar certo desconforto no médico responsável pelo exame, que talvez temesse pelo futuro da criança. Mesmo mais nova, e provavelmente influenciada pelas constantes sessões de massacre do caráter do namorado promovidas pelos pais, Daniela já tinha começado a perceber a imaturidade daquele plano, que ela não conseguia mais distinguir do de contar com a vitória na loteria.

"Eu já te falei que isso não tem nada a ver com sorte", ele disse certa vez, por telefone, quase como uma ameaça. "É esforço, minha filha, esforço pra deixar o texto sem nenhuma falha, sem nenhum daqueles teus erros ridículos de redação, por exemplo..."

"Pelo menos eu tenho capacidade de reconhecer que não posso sustentar ninguém, muito menos o meu próprio filho, fazendo uma coisa que não domino. Acho que a mãe e o pai têm razão. Você não serve..."

Mas ele desligou, e nunca soube para o que não servia. Era noite. Estava no quarto da república. A anfitriã e um grupo de amigos tinham se juntado no quintal para berrar, sobre a base amadora de dois violões, os versos de "Canto para a minha morte", de Raul Seixas. Em outra situação, a letra talvez lhe tivesse parecido inspiradora. Ali, só conseguiu soar como um mau prenúncio, assim como a fumaça de maconha filtrada pelas frestas da janela de madeira. Pensava nos pais, do outro lado da cidade, em como deviam estar orgulhosos de ir na contramão da condescendência que se costuma despender aos filhos nessas situações. A constatação, no entanto, o levava agora não ao ressentimento, mas a uma espécie de alívio. Quem sabe por perceber a mudança que a convivência com os sogros estava provocando em Daniela, a ideia de permanecer sob o mesmo teto que os pais tinha acabado de perder parte significativa de seu apelo original. Talvez porque a queda em si mesmo, nesse contexto, seja muito mais dolorosa, quando a paciência de quem nos hospeda se esgota e a necessidade de uma desculpa atenuadora que nos faça atentar, como efeito colateral, para o fato de que é preciso assumir algum protagonismo, ainda que o resultado dessa tomada de posição sequer tangencie o que tínhamos em mente antes de o erro maior acontecer — quando, enfim, a paciência de quem nos hospeda acaba e a necessidade de uma desculpa para enxertar o ultimato desaparece, de modo que ele começa a ser feito aos sussurros, primeiro para os outros moradores, quando passa das 22h e seguimos com a luz acesa ou a televisão ligada na sala, ou quando a louça que sujamos demora meio minuto a mais para ser lavada na pia, até a ideia de que somos o foco de cada conversa estabelecida quando não estamos presentes se tornar uma paranoia insuportável, e decidirmos confrontar os caluniadores, que então e finalmente despejam a verdade em cima do que sobrou de nossa dignidade anterior. Ali, pelo menos, estava livre para entregar-se às próprias elucubrações, à convicção de que um futuro majestoso o aguardava, lembrando-se muitas vezes de uma nota lida num folheto cultural da biblioteca do centro, segundo a qual, aos 17 anos, um famoso escritor francês (Gide, se ele não se enganava) andava pelas ruas de Paris espantado com o fato de que as pessoas em volta pudessem não saber o gênio que ele era, ou que viria a ser. Estivesse numa situação menos emergencial, talvez também fosse sentir espanto. Agora, porém, o que havia era só frustração, frustração com o encadeamento das novas responsabilidades, com os resultados dos concursos, com a incompreensão de quem ele amava. A obtusidade alheia era exasperante, a genialidade anacrônica era o pior dos deslocamentos, porque quem a alardeia em si mesmo passa por insensato, e quem não o faz definha aos poucos, vai esmorecendo ante "o achincalhe que o mérito paciente recebe dos inúteis", nas palavras do príncipe Hamlet, cujo monólogo mais famoso lhe ocorria com frequência, sobretudo antes de dormir, recitado como uma oração. Logo, a culpa pelo fracasso seria transferida da influência do curso de Direito para as comissões julgadoras, cuja predileção por determinado estilo de literatura as cegava para a vanguarda que a escrita dele representava. Não havia como alterar o cenário, nenhuma possibilidade de trazer cada um dos membros dos júris à luz. Seus escritos pareciam condenados à revaloração póstuma — quando tanto a glória quanto a apatia, para ele, então um materialista convicto, não fariam diferença.

Num ímpeto motivado pela constatação da própria impotência, arrancou todo o papel da máquina de escrever (também presente de André, o irmão mais velho, único membro da família que ainda se dispunha a visitá-lo, em vez de apenas telefonar) e o atirou na gaveta de baixo do criado-mudo, em cujo compartimento superior já estava o edital de mais um certame literário impresso naquela tarde — um concurso que homenageava Jorge Luis Borges, falecido em junho daquele ano. Exausto, jogou-se sobre o colchão amolecido no centro e dormiu, os ecos da música de Raul Seixas ressonando em sonhos aflitivos.

— Então — o endireitamento da coluna, a fixidez do olhar e a fala pausada do escritor iam indicando que ele se aproximava por fim do ponto nevrálgico de seu relato. — Então, no outro dia, quando fui pegar a chave da porta na gaveta do criado--mudo, aconteceu.

— O quê?

— O conto estava lá dentro.

— Que conto?

— O conto cujas especificações eu tinha imprimido na tarde anterior. O texto sobre o tema do concurso. Datilografado no papel da máquina.

— Você... escreveu antes de dormir?

— Não. E, antes que pergunte, eu ainda não bebia nessa época. Comecei um pouco depois, e por outro motivo. Também não era sonâmbulo. O fato é que, mesmo se quisesse, não poderia ter escrito aquele texto, que eu sentei na cama e li, com esse gesto automático que a gente tem ao pegar um panfleto na fila do banco. E você sabe que está diante de alguém que o supera quando, ao longo da leitura, para de se perguntar, com aflição, quantos anos terá o autor, se será mais novo do que você, e se deixa tragar de maneira irrestrita pelo que está sendo narrado, ou sugerido, acaba abandonando esse corporativismo ao contrário e volta à condição de leitor que se contenta em ser leitor, que não quer nada além disso. Sabe aquela frase do Maurice Chapelan, de que um escritor não lê seus colegas, mas os vigia? Acho que só se atinge a excelência em literatura quando outros autores, ou aspirantes a autor, como eu era, e ainda sou, acho que só se atinge a excelência quando essas pessoas param de te vigiar sem que, pra isso, você precise estar morto. Eu pressupunha que o autor daquilo vivia, e ao fim da primeira página já tinha colocado meu kit de espionagem de lado.

O crítico se remexeu na cadeira. Em seguida pigarreou forte.

— Sei. E você... Você disse que tinha fumaça de maconha entrando pela janela, na noite anterior?

— Eu não podia ter escrito aquilo. Porque, veja bem, o texto não apenas se adequava totalmente ao que o edital do concurso propunha, como, ou assim me pareceu, emanava uma perfeição assustadora dentro das possibilidades suscitadas por essa proposta. Era preciso se apoiar em algum aspecto da obra de ficção do Borges para a construção da trama, mas o autor do conto não se limitou a isso: da minha perspectiva, o que ele fez, em termos temáticos, foi ampliar o escopo imaginativo da obra escolhida e mostrar que o oposto do cenário retratado no original constituía um panorama igualmente terrificante. As ressonâncias que a leitura provocou me mantiveram eufórico pelo resto do dia, como se fossem epifanias surgidas em um sonho. Isto, claro, sem mencionar o domínio técnico, questões relativas à cadência, exposição do mote, escolha de termos, construções sintáticas, coisas sobre as quais, na época, eu sequer estava habilitado a ponderar. Não havia nada, nem uma vírgula que eu pudesse mudar sem ficar com a impressão de que estava martelando, às cegas, o Davi de Michelangelo. Talvez hoje você conheça esse conto como "A página em branco".

O crítico balançou a cabeça, sem saber qual elemento da cena causava mais hilaridade: se a expressão séria com que o escritor fazia a declaração ou o próprio conteúdo desta.

O conto é precedido por uma pequena epígrafe solicitada nas especificações do edital, um trecho do texto de Borges que servirá de base à história. "Quizá me engañen la vejez y el temor, pero sospecho que la especie humana — la única — está por extinguirse y que la Biblioteca perdurará: iluminada, solitaria, infinita, perfectamente inmóvil, armada de volúmenes preciosos, inútil, incorruptible, secreta." A narrativa inicia-se com um telefonema no meio da madrugada. Irritado, sonolento, um catedrático de filosofia vai atendê-lo. Do outro lado da linha, um dos alunos cuja dissertação de mestrado ele orienta. O rapaz pede-lhe desculpas nervosas, lembra que a apresentação do trabalho se dará às 14h desse mesmo dia e revela que sua dissertação — algo sobre o experimentalismo geométrico em Georges Perec — acaba de sofrer um enorme abalo: todas as citações ao livro *A vida modo de usar* haviam sumido do material impresso. Ante a incompreensão do professor, o estudante explica: há coisa de meia hora, tinha vindo checar os papéis da dissertação e notado que, onde deveriam estar os trechos do romance que iria analisar, só havia espaços vazios. Não tinha sobrado a mínima referência em páginas, transparências ou disquete. Julgando-se vítima de alguma brincadeira insensata, e já resignado à tarefa de reinserir todos os fragmentos a partir da obra original, o aluno havia descoberto que tampouco esta escapara à borracha invisível: seus três exemplares de *A vida...* (um dos quais em francês, *La Vie mode d'emploi*) jaziam em branco.

Ou não totalmente em branco. Além das linhas da caneta marca-texto, restaram intactos, estranhamente, os sinais ortográficos auxiliares: vírgulas, pontos, parênteses, travessões, acentos... Tudo, enfim, menos as letras. Desesperado, o rapaz resolvera pedir ajuda ao orientador. Que, a princípio disposto a debitar o caso na conta dos alucinógenos dos quais seus orientandos sempre pareciam usuários contumazes, ao cabo de uma busca em seus arquivos pessoais, confirma, com perturbação, a ocorrência do fenômeno, bem como sua abrangência: não consegue encontrar a obra, no todo ou em parte, em nenhuma plataforma a que tenha acesso.

Com um punhado de telefonemas do mestre, o estudante tem a apresentação do trabalho adiada e volta a dormir. Na manhã seguinte, o mundo conhece a estranha conspiração responsável por limar uma das grandes obras-primas que o século XX produziu: em qualquer acervo literário do planeta, seja físico ou digitalizado, nada resta de *A vida modo de usar*, em nenhum alfabeto ou idioma, salvo resenhas e comentários que não reproduzam com fidelidade alguma de suas partes. Por ser um dos primeiros divulgadores da descoberta (e pela ideia de traduzir o próprio artigo, intitulado "A vingança das traças eruditas", para o inglês, o francês e o espanhol), o catedrático tem o privilégio de cunhar termos que, dali em diante, serão sempre usados para referir-se ao fenômeno, como "extinção" e o conceito do Censor com C maiúsculo — um burocrata invisível, cujo poder de veto sobre obras escritas transcende o de qualquer ditador da História.

Antes que autoridades e cientistas tenham tempo de aprofundar as investigações sobre o evento, casos análogos começam a pipocar. E já nos surtos iniciais é possível identificar a sincronia como a única concessão do burocrata a algum tipo de ordem racional — desaparecem obras heterogêneas de autores vivos e mortos, famosos e anônimos, brilhantes e medíocres. Ou o Censor age às cegas ou é tão democrático quanto as traças.

A crise das letras se reflete nos números do mercado editorial, que despencam. Inobstante certo clima de ditadura sem ditador (ou devido a ele), a mídia mantém a espirituosidade, encarando a situação como a última chance de pôr a leitura em dia. Jornais e revistas fazem especiais bem-humorados, que "celebram" ou "velam" as extinções recentes, conforme a qualidade da obra — de maneira previsível, os dois volumes do *Mein Kampf*, de Hitler, lideram incontestáveis a lista de sumiços aprovados pela maioria. Essas matérias (muitas das quais com títulos memoráveis, como "Desapareceu hoje *O homem invisível*, de Ellison" e "Não seja hipócrita: você sabe que nunca leria Tolstói") objetivam evitar o pânico entre a população letrada, alertando para a iminência da descoberta do agente causador dos expurgos e minimizando suas consequências. "Se, por um lado, caem as vendas de livros tradicionais, a produção e comercialização de livros em áudio cresce em progressão geométrica. (...) Qualquer esforço no intuito de diagnosticar o atual panorama como prólogo de um apocalipse intelectual não passa de alarmismo."

O que não se divulga nos meios de massa são os sucessivos fracassos nas tentativas de rastrear a origem exata do fenômeno, de modo que apenas os leitores mais assíduos de publicações científicas são informados de que o mais próximo disto a que se chegou foi uma inquietante similaridade com o comportamento de partículas subatômicas num nível quântico: sob a égide anárquica da probabilidade, do mesmo modo que palavras desaparecem às toneladas, em sincronia e sem deixar rastros, podem ressurgir dali a dez dias, dois meses, cem anos ou nunca. É o jeito de a ciência dizer que compreender o evento está além de suas possibilidades, no estágio em que se encontra. Também há exageração no alarde dos livros em áudio como a penicilina provisória da epidemia, uma vez que sua produção é incapaz de ombrear a velocidade das extinções. Este fato desencadeia um aumento curioso na procura por cursos de leitura dinâmica.

À medida que o acervo de livrarias e bibliotecas se homogeneíza, monocromático, o mundo parece se arrastar de volta ao obscurantismo. As discussões de cunho metafísico proliferam, indo de religiosos que, aproveitando-se do fato de que seus livros sagrados foram, até então, poupados, sustentam que qualquer obra além destas é supérflua, razão pela qual seu deus havia optado pela eliminação em massa, até céticos que, valendo-se da mesma constatação, tripudiam da intolerância daquelas entidades supostamente superiores. A centelha raiz dessas provocações só é apagada quando as obras a que se referem também são suprimidas. A isto se segue, relata o narrador, um inquietante aumento no número de suicídios, que a mídia mascara de modo compreensível.

O caos se expande por nichos aleatórios do saber humano. Literaturas médica, jurídica, científica, econômica e política precisam ser recodificadas às pressas. Mas as baixas são inevitáveis. Alguns países têm suas Constituições apagadas. Tratados internacionais, acordos diplomáticos e protocolos relevantes se perdem. Processos judiciais que se arrastaram, inconclusos, por anos são invalidados em definitivo. Leis recém-promulgadas, provas documentais, registros históricos, descrições de enfermidades — é quase impossível mensurar os prejuízos. Quando nomes inteiros e outras informações relativas a cada cidadão começam a desaparecer dos bancos de dados governamentais, bem como dos documentos usualmente carregados na carteira, os próprios conceitos de civilização e identidade ficam ameaçados. Dadas as implicações burocráticas, o receio de ser apagado dos catálogos oficiais é similar ao da morte, também porque, em se tratando da vida organizada em sociedade, os cenários parecem de fato se equivaler. Só o testemunho oral de terceiros garante quem se é e a quais benefícios se tem direito. Por serem imunes à praga, os algarismos também são largamente empregados neste sentido, havendo uma gradativa conversão, no universo bidimensional, de pessoas em números. Comparações irônicas com a situação dos prisioneiros dos campos de concentração do Terceiro Reich não tardam a aparecer.

Nesse ponto, há um salto temporal marcado por três asteriscos centralizados. Em seguida, o leitor é informado de que, durante quase uma década, a humanidade tenta se habituar ao mundo sem letras. Ou sem sua antiga versão. Como resultado de sucessivas conferências internacionais, convenciona-se que, *grosso modo*:

"1. Exceto por desenhos, ideogramas e análogos, os únicos símbolos de comunicação visual comprovadamente imunes às extinções são:

$$1\,2\,3\,4\,5\,6\,7\,8\,9\,0\,.\,,\,-\,—\,\_\,(\,)\,[\,]\,\{\,\}$$
$$\backslash\,/\,|\,¦\,!\,?\,*\,¨\,\wedge\,\sim\,`\,´\,\%\,=\,\neg\,\#\,£\,\text{etc.}$$

2. Isto posto, consideram-se impróprios todos os dialetos cujos grafemas, embora guardem relações com os signos de alfabetos precedentes, tendam ao aleatório.

3. Baseado no mesmo esquema de criptografia simples, buscando maior similaridade com a forma dos símbolos do código anterior, estipula-se o alfabeto neolatino:

A = [irreproduzível] (Circunflexo sobre travessão.)
B = |3 (Barra vertical seguida do número três.)
C = [(Abre colchete.)
D = |) (Barra vertical seguida de fecha parêntese.)
E = [- (Abre colchete seguido de hífen.)
F = [irreproduzível] (Barra vertical seguida de trema superposto a hífen.)
G = [irreproduzível] ("Seis-cedilha".)
H = |-| (Hífen entre barras verticais.)

I = [irreproduzível] (Circunflexo sobre barra vertical.)
J = [irreproduzível] (Dois hifens sobre vírgula.)
K = |'\ (Barra vertical, acento agudo e barra inclinada.)
L = |_ (Barra vertical seguida de underscore.)
M = |\ /| (Barras inclinadas e opostas entre barras verticais.)
N = |\| (Barra inclinada entre barras verticais.)
O = 0' (Número zero seguido de apóstrofe.)
P = |" (Barra vertical seguida de fecha aspas.)
Q = [irreproduzível] (Cedilha sob número zero.)
R = |} (Barra vertical seguida de fecha chave.)
S = 5'(Número cinco seguido de acento agudo.)
T = [irreproduzível] (Travessão sobre ponto final.)
U = |_| (Underscore entre barras verticais)
V = \ / (Barras inclinadas e opostas.)
W = |/\| (Barras inclinadas e opostas entre barras verticais.)
X = -¦- (Barra vertical interrompida entre hifens.)
Y = [irreproduzível] (Barras inclinadas e opostas sobre cedilha.)
Z = 7_ (Número sete seguido de underscore.)

4. Não há distinção entre maiúsculas e minúsculas.

5. A fim de evitar redundâncias e ambiguidades, sobretudo em manuscritos, recomenda-se que, sempre que um dos elementos constituintes das novas letras for empregado

em seu sentido primevo, seja destacado através de cor distinta, sublinhado, itálico etc.

6. As bibliotecas nacionais ficam obrigadas a armazenar em seu acervo pelo menos uma versão em áudio de cada obra escrita registrada no país."

O novo alfabeto — cujo acordo de criação alguns chefes de Estado cometem a gafe de assinar usando o antigo sistema, para logo serem chamados de volta à mesa — traz premissas que o narrador julga interessantes, como a tal (nem sempre nítida) semelhança formal com as letras que compunham seu antepassado extinto, que visa a tornar a transição linguística mais suportável. Teclados de computadores, faxes e outros aparelhos eletrônicos são rapidamente adaptados. O mundo se assemelha a uma grande exposição abstrata cujas obras carecem de legendas — objetos, artes, seres. Os arquivos em áudio são ditados a programas eletrônicos e reimpressos. A trajetória pregressa do homem é vagarosamente inventariada a partir de sua falha memória. Parece digno, observa o narrador, que o epitáfio das velhas letras só possa ser escrito por meio das novas: "Afinal, quantos fabricariam a cruz que encima o túmulo atando dois ossos do falecido?"

Resolvido o problema da comunicação por escrito, resta a pior das sequelas. O sentimento de orfandade cultural perdura, incapaz de ser aplacado pelas tímidas tentativas de reiniciá-la, da mesma forma como as baixas de uma guerra perdida dificilmente encontram consolo em novos nascimentos. Discute-se muito sobre o embrutecimento das massas e quanto tempo levará para que a educação mundial se estabilize. Escritores, jornalistas e historiadores são agora profissionais tão requisitados quanto pedreiros e engenheiros em períodos pós-catástrofes naturais. Mas reconhecem suas limitações. Reconstruir tão vasto legado "sequer poderia ser rotulado como um empreendimento quixotesco, visto que o próprio Quixote figurava entre as perdas".

A cura para o diagnóstico desolador é daquelas que aparentam ser radicais na mesma proporção da doença, e parte de princípios que pouco têm a ver com a área mais afetada. O mesmo, no entanto, não pode ser dito dos agentes por trás da ideia principal.

Neste ponto da trama, narra-se em retrospecto a história de um magnata da mídia francês conhecido também pela bibliofilia, e sobre quem se contavam anedotas como a de ter incumbido um cego de tomar conta de sua biblioteca particular "pela mesma razão por que os sultões deixavam seus haréns aos cuidados de eunucos". No auge das extinções, que fez leitores em todo o mundo cancelarem imediatamente a assinatura de periódicos, o francês viu parte significativa de seu império sucumbir a uma lista cada vez maior de credores, enquanto ainda precisava lidar com os ecos não dissipados da traição, tornada pública, de sua esposa, a quem ele costumava dedicar sonetos e odes nos editoriais das publicações de que era dono. Antes de cometer suicídio, o empresário havia gravado um extenso vídeo destinado a seus advogados e sócios, além de escrito uma carta, em braile, a ser entregue a seu bibliotecário e amigo de longa data, Tsun Quignard, e na qual informava que, comprovado o adultério e na ausência de herdeiros sanguíneos, deixava-lhe sua parte das ações da corporação e a biblioteca "da qual você foi meritório guardião, embora esse deus iletrado a que chamam Censor os torne a cada dia mais inúteis".

As informações sobre Quignard são escassas: trata-se de um matemático que havia perdido a visão em um ataque com gás mostarda durante a ocupação nazista da França. Pego de surpresa por ambas as atitudes do amigo e ex-patrão, e após um breve período de luto, o bibliotecário impôs-se o desafio de restituir a dignidade à mais nobre das paixões de seu benfeitor (ou, como não tardou a circular, o de impedir a ruína completa do conglomerado que lhe caíra nas mãos, e seu consequente retorno à pobreza). Depois da aprovação mundial do alfabeto neolatino, Quignard enviou ao Conselho da ONU uma carta na qual expunha sua proposta de solução para o problema deixado pelas extinções, burilada com a ajuda de outros matemáticos, e à qual ele anexara o conto em cujas ideias tinha se inspirado, reescrito a partir da versão em áudio: "A biblioteca de Babel", de Jorge Luis Borges.

"É como querer ganhar na loteria apostando em todas as combinações possíveis", afirma o narrador. "Mas sem pagar, pelas apostas, o décuplo do valor do prêmio." São necessários oito anos de pesquisa intensiva e o esforço em conjunto de profissionais e empresas do mundo inteiro para a criação do Babel-1, um misto de mainframe e supercomputador capaz de processar assustadores 900 vigesilhões ("nove seguido de 65 zeros") de operações em ponto flutuante por segundo. Construído ao custo de US$ 30 bilhões e situado num gigantesco bunker no Novo México, o hipercomputador, como seus criadores preferem alcunhá-lo, tem a função de armazenar e organizar todos os arranjos possíveis dos 51 caracteres linguísticos básicos (29 letras do alfabeto neolatino + onze vogais acentuadas + duas consoantes acentuadas + ponto + vírgula + espaço + exclamação + interrogação + travessão + hífen + apóstrofo + aspas) em conjuntos de livros virtuais cuja formatação segue a sugestão do conto de Borges.

Destarte, o Babel-1 obedece ao princípio matemático da interpolação. Todos os livros — e o pronome, neste caso, é literal — que encerra possuem 410 páginas, com cada página comportando quarenta linhas e cada linha, exatamente oitenta caracteres. Com essas informações, oferece-se o cálculo da quantidade de possibilidades:

"Nº de caracteres por linha X nº de linhas por folha X nº de folhas por livro >> 80 X 40 X 410 = 1.312.000."

Um milhão, trezentos e doze mil é, portanto, a quantidade de caracteres existentes em cada obra. Como o primeiro caractere da primeira página pode ser qualquer um dos 51 símbolos que servem de base à interpolação, e assim também o segundo, o terceiro, até o último caractere da última página, tem-se o número 51 multiplicado por ele mesmo 1.312.000 vezes. Ou 51 elevado a 1.312.000 possibilidades de livros. Escrito por extenso, esse algarismo teria um total aproximado de 3 milhões de dígitos. Uma monstruosidade, por si só e comparada aos módicos 66 dígitos supracitados. Como, então, se espera que a máquina processe tal volume de dados antes que milênios inteiros tenham transcorrido? Eis o ponto onde a Babel virtual se afasta da borgiana.

Estima-se que, do total de 51 elevado a 1.312.000 obras possíveis, 97% seja lixo linguístico. Palavras, sentenças e textos inteiros que não fazem o mínimo sentido em nenhum dos idiomas baseados no alfabeto neolatino. Esses disparates (ms.'hjcwx-içkimxclztr",...), redundâncias (obras em que uma mesma palavra — ou um mesmo conjunto de palavras — repete-se da primeira à última linha), cacofonias e trechos incognoscíveis são sequências aleatórias que o Babel-1 é programado para desconsiderar. "Graças a Deus, não estávamos lidando com apostas na loteria, em que cada combinação é tão importante quanto todas as outras, e pode significar a diferença entre ficar rico e continuar programador", brinca um dos membros da equipe durante a conferência que apresenta o protótipo a jornalistas do mundo inteiro. Abastecido com os mais completos dicionários de cada idioma (que incluem, além dos verbetes habituais, nomes próprios, gírias, neologismos, arcaísmos e jargões específicos de diversas áreas do conhecimento humano), seu software só reconhece os vocábulos que lhe foram previamente apresentados, bem como as corretas interações sintáticas entre eles e os demais signos gráficos — o que contribui para reduzir o número de possibilidades. Não seria possível encontrar, por exemplo, a frase "Pediram-lhe nome e seña" em seu banco de dados, pois o programa reconhece que, em Português, idioma no qual o excerto está redigido (e que ele reconhece graças à análise lexical dos termos predominantes), o diacrítico til não acentua a consoante n. Neste sentido, o Babel-1 é também um colossal editor de textos. Mas, em vez de apenas sublinhar próclises, efetua análises críticas, distingue o que faz sentido do puramente randômico, organiza os calhamaços de acordo com os idiomas. É, enfim, a biblioteca de Borges sem a bagunça.

No início, poucos compreendem as implicações éticas do protótipo. A maioria chega mesmo a considerá-lo um mero elefante branco. "O conto de Mark Twain que deu origem a essa expressão é um dos textos que o Babel-1 irá recuperar", redarguem com ironia seus defensores. É preciso que se passem os nove anos necessários ao processamento, registro e organização de todos os dados para que também as pessoas se situem no novo contexto. Convertida em fato, a prolixidade teórica torna-se cristalina: basta digitar um punhado de caracteres na barra de endereços de qualquer computador conectado em rede para ter acesso a todos os livros possíveis.

É esta totalidade que, segundo o narrador, assombra. Não só Shakespeare, Gorki, Woolf, Camus, Yeats, Austen, Berkeley, Mateus, Plutarco, Ovídio e as inúmeras outras supressões do Censor são recuperadas. Qualquer sentimento, ideia, história, conceito, enredo ou situação que possam ser expressos em palavras estão registrados, em todas as suas mínimas variantes, nalgum ponto do incomensurável catálogo virtual. Há livros que descrevem minuciosamente cada dia da vida de quem lê o conto; outros cuja análise recai sobre a existência de pessoas inventadas, que morreram há milênios ou que ainda vão nascer. Romances perfeitos, brilhantes, medianos, medíocres — e as respectivas traduções em todos os idiomas. A crítica dessas obras. A crítica da crítica dessas obras, como bem inferiu Borges. Livros que, por desistência de seus autores ou motivos alheios à sua vontade, não foram escritos — ou ficaram inconclusos, ou, ainda, não chegaram até nós. "A primeira versão da *História da Revolução Francesa* de Carlyle. O *Ultramarine* de Lowry. A milésima segunda história de Sherazade. O relato fiel de todos os atos de Cristo. O registro de guerras passadas, futuras, reais, imaginárias, sob a ótica de todos os envolvidos. A verdadeira história do universo, desde antes do Big Bang à criação do próprio Babel-1, e daí em diante, até a pós-eternidade. Todas as falsas histórias. A biografia de Deus..."

Dois conceitos provam não resistir à matemática, ficando irreversivelmente abalados. O primeiro é a originalidade. Torna-se nula qualquer pretensão a ela. Depois do Babel-1, todo escritor que publicar seu trabalho está exposto a comentários sugerindo que fez ótima ou péssima escolha dentre as muitas que o catálogo oferece. A expressão "um achado" ganha conotação negativa, e todo elogio e crítica parecem subentender uma ressalva. "O autor X sem dúvida merece o reconhecimento amealhado com a publicação da obra [se é que chegou a este resultado por conta própria]." "Deseja-se ao escritor Y mais sorte na próxima [busca por uma] história." Não à toa, a classe dos ficcionistas lidera os protestos contra o Babel-1, e há uma progressiva valorização dos clássicos — como passam a ser genericamente chamados todos os livros escritos antes da criação do hipercomputador —, por serem os únicos comprovadamente livres da influência malsã. De modo previsível, ocorre ainda um retorno ao abstracionismo mais radical, como se, para escapar à onipresença da combinatória, a literatura precisasse renunciar ao sentido.

O outro conceito avariado é o do direito à privacidade. Se até os mais inconfessáveis pensamentos de cada indivíduo se encontram disponíveis no santuário de palavras, não há como preservar a inviolabilidade de um segredo. Tudo pode ser do conhecimento de todos. O que ameniza tal angústia é, portanto, a quantidade de variações. Só o próprio sujeito é capaz de avaliar qual de suas numerosas biografias corresponde fielmente à sua vida, e, no caso de uma história infame que o tenha por protagonista se tornar popular, bastará negá-la, associando-a ao delírio matemático do computador, ou evocar o óbvio: há no acervo a mesma história protagonizada por todos os nomes do mundo.

A curiosidade sobre os rumos alternativos da própria existência (e da dos outros, naturalmente) garante o altíssimo número de acessos ao banco de dados nos primeiros anos. Mas a euforia só dura "até a criança notar o potencial mortífero do brinquedo". A simples noção de que tal máquina existe e pode ser carregada em qualquer computador pessoal oprime em silêncio a humanidade. A estranha banalização da onisciência. Descreve-se, a partir deste ponto, a forma como o mundo vai se tornando mais lacônico e menos produtivo, como quem presume seja cada constatação verbal uma repetição desnecessária, cada gesto mais elaborado uma concessão desgastante à narrativa de um autor indiferente. Se o Censor foi um demônio que se comprazia em aniquilar, o Babel-1 pode ser tomado como um Deus apenas no sentido de que guarda literalmente todas as respostas. Mas é um Deus apático, a quem nada comove ou irrita, e sob cujos castigos e consolos, ternuras e cóleras não jaz o menor resquício de sentimento genuíno — apenas o distanciamento padrastal da lógica.

Passa-se, assim, sugere o fim melancólico do conto, de um mundo em que toda a produção cultural escrita foi extinta a outro onde não há o que escrever, pois tudo já está registrado

— e nos dois casos a humanidade se sente privada de algo absurdamente valioso, e cuja expressão parece escapar tanto ao poder expositivo da máquina quanto à voracidade supressora do fenômeno.

—Tipo geração espontânea? — o crítico cedeu, depois de um lento aceno de compreensão que era também um sinal para si mesmo de que, a partir dali, imergiam no pantanoso terreno das abstrações pós-bebedeira. Alguma coisa nas feições do escritor, contudo, parecia indicar que ele estava no pleno domínio de suas faculdades mentais, e muito ciente de que aquela reação viria, como se, enfim, já estivesse de posse do antídoto certeiro para essa descrença, e só não julgasse aquele o momento oportuno para inoculá-lo.

Geração espontânea também tinha sido a conclusão a que o escritor havia chegado, na época do ocorrido. Ele se lembrava de ter passado parte da manhã relendo o conto, que tinha vinte páginas, e parte procurando saber, com cada morador da república que encontrou no caminho até a mesa do café, a quem pertenciam as folhas, apesar de a porta de seu quarto ter passado a madrugada trancada. Quando chegou a vez de sondar a anfitriã, uma jovem pouco mais velha que ele, e que tinha regras de comportamento rígidas para quase tudo, disse:

"Vocês têm uma chave mestra por aqui?"

"Mestra? Não, só vai ter a Phillips e a de fenda."

O que tinha sido suficiente para eliminá-la como suspeita. Voltando ao quarto, o escritor verificou cada canto do interior do criado-mudo, cada possível fresta onde a resma de páginas pudesse ter ficado escondida até aquela manhã, e na qual as folhas em branco retiradas da máquina na noite anterior agora se ocultassem. Mesmo durante essa fase de busca por explicações plausíveis, a providencialidade do fato acenava, do fundo da consciência, com uma nota dissonante, sobrenatural, que ele tinha dificuldade para repelir com os resquícios de seu positivismo. Não se tratava, afinal, apenas do desaparecimento de vinte folhas, mas do surgimento de outras tantas que talvez contivessem impresso exatamente o passaporte de que ele vinha precisando para dar início a uma existência autônoma. Ainda que o conto houvesse ficado guardado por meses sem ser notado no móvel, e que as folhas desaparecidas tivessem encontrado uma fissura no espaço-tempo por onde desaparecer, a ocasião para tudo aquilo vir à tona era oportuna demais, de modo que as agruras de sua trajetória recente iam aos poucos se convertendo no problema para cuja resolução o conto tinha sido engendrado.

— Você está vendo que comecei a pensar na possibilidade de enviar o texto ao concurso.

— Mas quem era o autor, afinal?

— Já falarei dele. Por enquanto, você só precisa saber que o ditado da casa de ferreiro também foi válido, no meu caso.

Porque, por mais que tivesse estudado, em Direito, sobre as implicações jurídicas do plágio, da apropriação indevida do esforço intelectual alheio, não creio que tive mais de dois dias de hesitação antes de enviar o conto para a comissão...
O crítico reduziu, nos traços do rosto, a dimensão do seu choque. A história do escritor começava a fazer sentido, se confrontada com a proposição inicial da conversa, mas o mais espantoso era sua disposição de sustentar aquilo sem dar mostras de que não se tratava de um experimento, de uma dessas excentricidades artísticas talhadas para povoar os capítulos mais anedóticos de biografias, é famosa a história de que o pintor X recebia os motes para seus quadros nos sonhos que tinha às terças à tarde, causos que não se desmentia nem se endossava, ao menos não da maneira explícita como ele estava fazendo agora, e que tinham por função ampliar o mito em torno de quem os protagonizava, criar uma atmosfera de fuga ao senso comum estendendo-se à vida cotidiana, há um aspecto de suas obras que foge ao entendimento, há um aspecto de suas rotinas que escapa ao previsível, e nos dois casos a intenção é suscitar a condescendência com o gênio, porque a não compreensão do que fazem sempre parece mais relacionada à estreiteza de pensamento dos que os cercam. E em todo caso ele seguia escutando, hipnotizado parte pela contundência do relato, o encadeamento harmonioso de circunstâncias que, mesmo falsas, perfaziam uma possibilidade de certo modo sedutora para o presente que lhe fora dado conhecer, e parte por um inquebrantável orgulho que o fazia relevar todas as diatribes que o escritor lhe dirigira no início da conversa em nome da curiosidade sobre o motivo de o outro considerá-lo o único

ouvinte possível para aquela história em vias de ultrapassar qualquer limite do absurdo.

Uma coisa, continuou o escritor, uma coisa que havia ampliado sua angústia nos dias que se seguiram ao envio do conto foi a impossibilidade de verificação de seu ineditismo. A despeito dos elementos futuristas da narrativa, não havia um equivalente acessível da internet naquela época, tudo com o que um corpo de jurados contava para analisar a originalidade de uma obra era a própria bagagem de leitura. Foram trinta dias de absoluta apreensão, com cada tropel de passos fora de seu quarto sendo imediatamente tomado por evidência da aproximação da polícia indo prendê-lo por apropriação indébita de propriedade intelectual alheia. Aproveitou para fazer as pazes com Daniela, além de ceder aos planos de procurar um emprego comum, também porque imaginava que não estar trabalhando fosse agravar sua pena quando a polícia aparecesse na república.

Antes disso, no entanto, voltou a procurar a dona do lugar. Mais cedo naquela manhã, tinha ficado uns minutos observando o criado-mudo ao pé da cama. Era um móvel comum, de um amarelo desbotado, pés retos e duas gavetas com alças de argola metálicas, centralizadas e com floreios algo vegetais. Lembrando da surpresa no dia do ocorrido, ele associou, naquela divagação típica que antecede a saída definitiva de sob as cobertas, associou a peça de madeira a uma máquina de xerox na qual a gaveta de cima correspondia ao vidro de recepção do material a ser copiado, e a de baixo, à bandeja de saída da cópia.

De acordo com a dona da república, o móvel tinha pertencido ao antigo morador do quarto, um professor de matemática que dava aulas numa escola pública dois bairros ao sul dali. Este homem — e o escritor se lembrava de ter sentido um lado de seu braço direito arrepiar, nessa parte — havia morrido num assalto a uma agência bancária quatro anos antes, e nenhum parente jamais aparecera para pegar o que parecia ter sido seu único bem material, ou pagar o aluguel de seu derradeiro mês na casa. A julgar pelo pouco caso da anfitriã, a morte trágica do hóspede não tinha sido suficiente para atenuar a lembrança do "calote".

A escassez de explicações alternativas para a gênese do conto logo faria com que o escritor julgasse relevante saber mais a respeito do tal professor, informações que, aliás, a dona da pensão dava de bom grado, entre uma tarefa doméstica e outra, como se remeter à aparente monotonia da vida do ex-hóspede desse vazão a seu ressentimento.

"Devia ter uns trinta, trinta e poucos. Não era daqui. Tinha passado num concurso pra lecionar na cidade, mas o sotaque entregava. Ficava enfurnado nesse quarto o fim de semana todo. Eu já tinha desistido de chamar ele pra participar das coisas. Na última noite dele na pensão, trouxe um saco de pequi não sei de onde e enfiou na geladeira. Aquilo empesteou tudo, eu acordei com o pessoal vindo reclamar do cheiro. Como ele não voltou pra casa, e já estava com o aluguel atrasado uns dez dias, peguei a cópia do holerite que ele tinha me dado quando se mudou e fui na escola em que ele trabalhava. Aí que me falaram do assalto, que eu nem tinha visto na TV, com tanta coisa acontecendo no país. Disseram que tinham tentado contatar a família, mas que ninguém respondia."

É o ônus de se tornar náufrago, ia pensando o escritor, de afastar-se em excesso da costa onde aqueles com quem se firmou os vínculos mais longevos fixaram morada, renunciar ao modelo de vida que tinha garantido a sobrevivência a antepassados remotos. Seria a importância que a sociedade atribuía à manutenção dos laços familiares, à necessidade de se relacionar romanticamente uma forma de os genes garantirem que não retrocedamos em massa ao nomadismo solitário que caracterizou espécies de hominídeos inferiores na escala evolutiva? Deixar a casa dos pais, estabelecer a autossuficiência como uma característica de quem somos, fazer com que de nós digam que nos bastamos da mesma forma que se afirma que alguém tem bom humor, estar distante quando chega a notícia da morte de quem nos criou, longe demais para voltar, e a partir daí acostumar-se à solitude, a não ter no mundo quem conosco se preocupe a ponto de perder o sono, apenas conexões eventuais, colegas de trabalho, companheiras de cama cujos fios de cabelo se misturam pelo chão não varrido do quarto, emendar um emprego no seguinte, e um dia, por um descuido momentâneo, cair no banheiro, escorregar no chão oleoso da cozinha, ser o alvo da bala que atiram num assalto, sabendo, no instante mesmo em que sucede o infortúnio ou enquanto dura a agonia, que só atinarão para nossa ausência como efeito colateral de outra coisa, quando a água do chuveiro que ficou ligado se alastrar pelo corredor do prédio, o mau cheiro do corpo que se decompõe enrugar narizes de vizinhos, ou o odor de uma sacola de pequi que planejávamos comer no dia seguinte, aquele que contávamos como certo e que, no entanto, não se concretizou para nós. Mas até que ponto uma vida que conduzia a este fim era de fato tão triste quanto as coisas colocadas nesses termos faziam supor? Não seria a tristeza, aí, algo com que cabia aos vivos se preocupar? Imagina-se, então, que seja dada aos mortos a oportunidade de olhar em retrospecto para a própria trajetória apenas para lamentá-la, ou a forma como veio a terminar?

"Você lembra se, além de professor, ele escrevia?"

"Ué, tem que escrever pra ser professor, não tem?"

"Não, sim, mas eu falo... você escutava muito barulho de máquina vindo do quarto dele?"

"Ah, você diz tipo escritor, essas coisas. Então, como eu disse, ele era muito na dele, e eu não sou de ficar reparando em vida de hóspede, a não ser que esteja incomodando o pessoal. Mas, assim, teve uma vez que ele me pediu pra ouvir uns poemas que ele tinha anotado num caderno que carregava pra todo lado. Não dei muita trela, não. Até achei que ele estava tentando me cantar."

A conversa também rendeu ao escritor a descoberta de que o tal caderno ainda existia: além do criado-mudo, era o único vestígio da presença do matemático (como o escritor começou a se referir a ele) na casa, depois que a anfitriã havia doado suas roupas e sapatos para o Exército da Salvação. O objeto estava num quartinho de despejo nos fundos da república, em meio a outros pertences de hóspedes inadimplentes, e o escritor teve alguma dificuldade para encontrá-lo, guiando-se apenas pela descrição aproximada da dona da casa, que estava de saída e não tinha podido ajudá-lo. Ao fim da busca, um caderno de anotações do tamanho de uma agenda de telefone surgiu recoberto por uma camada de pó de gesso, com as páginas amolecidas pela umidade e quase sem a contracapa.

O conteúdo, como ele de certa forma já esperava, era caótico. O matemático tomava nota de tudo, de dúvidas de alunos a impressões colhidas em viagens de ônibus. Havia ideias para textos, anedotas, observações sobre o cotidiano e as aulas, fragmentos de equações, desenhos geométricos, nomes de pessoas e telefones. Além, é claro, dos poemas. Maus poemas. Ingênuos, previsíveis, lexicalmente pobres e sem nenhum domínio técnico — "mais ou menos o que se espera de um professor de matemática que se aventura no ofício literário", comentou o escritor. Das anotações, no entanto, era possível garimpar uma ou outra pérola de espirituosidade ou arguta reflexão, embora nada houvesse de grande valor.

— Eu acho uma ótima iniciativa, para quem está começando — disse o crítico, já um pouco disposto a desviar a conversa do rumo que ele imaginava ter adivinhado, quando da menção à morte do suposto professor, talvez trazê-la para um presente menos esquizofrênico. — Tem um trecho dos cadernos de notas do Samuel Butler em que ele sugere que o bom escritor precisa parar constantemente para fazer anotações, mais ou menos como o bom pintor para em qualquer lugar para fazer esboços. Dessa forma, dá pra se tornar "pródigo não na escrita", coisa que qualquer pessoa alfabetizada pode ser, mas "na omissão". Um escritor se torna melhor, mais breve, "quando tem mais coisas a dizer do que tempo para dizê-las". Ou espaço.

— Uma pena que isso não se aplique à crítica, não? Um crítico que pare em todo lugar para fazer avaliações sérias das coisas, de uma praça ou de um poste ou de um cachorro, só conseguiria se refinar na arte da chatice.

— Aí você compra briga com o Thom... Com o T. S. Eliot, meu amigo. "A crítica é tão inevitável quanto o ato de respirar."

— Pode ser. Mas pelo menos a respiração é silenciosa. Em todo caso, a arte da omissão é uma coisa que em geral vem com o tempo, o desbaste. Esse cara, pelo jeito, não era um escritor que tomava notas, era um tomador de notas com pretensões literárias.

— O que tem de gente assim nesse teu ramo...

O escritor tirou do bolso um pequeno retângulo preto e entregou ao crítico, como prova do que estava dizendo ou porque a mania de carregar o caderno tivesse se transferido do matemático para ele. Todas as folhas, bem como o que tinha restado da contracapa, estavam plastificadas, e o amarelecer do plástico contribuía para salientar a idade do objeto, como costuma ocorrer com certidões de nascimento antigas. A letra do ex-dono inclinava-se estranhamente para a esquerda, os desenhos de cones, losangos e escadas destacando-se em meio aos blocos desorganizados de texto.

Na última parte, o escritor disse, apontando o caderno, havia uma recorrência maior a uma expressão específica: "Filosofia da composição." Entre aspas, sublinhada, realçada em verde, antecedida de palavras como "lembre-se da" ou sucedida por outras do tipo "eis a prova". Imaginou que se tratasse de um livro, embora mais uma vez não dispusesse de meios para pesquisar. Ainda nas páginas finais, destacavam-se as menções à frustração que o autor sentia por ter "ideias sublimes" e ser incapaz de transmiti-las em palavras — incapacidade que ele ora debitava na conta dos limites da linguagem, ora na da própria incompetência. Quase esquecido da apreensão anterior, o escritor ocupou o fim da tarde e o início da noite lendo as anotações que, até ali, pareciam constituir o único legado do matemático.

"hoje eu aproveitei que a gente já terminou o conteúdo do bimestre e fiquei falando com eles sobre o uso da matemática na arte, mostrei o *Melancolia I* do Albrecht Dürer e eles logo começaram a chutar o que era o quadro cheio de números que aparece no fundo, falei do quadrado mágico, só o Pedro conhecia, a gente tentou entender o que ele significava no quadro, a melhor resposta foi da Marcela, ela disse que a constante do quadrado mágico talvez seja a própria melancolia, 'como na vida real', pensei em perguntar depois da aula se tava tudo bem na casa dela, mas depois achei melhor não, nessa idade nunca nada tá bem na casa de pessoa nenhuma, mostrei pra eles umas pinturas abstratas, alguns disseram que até o irmão ainda bebê deles podia fazer aquilo, que era burrice alguém pagar tanto por uns rabiscos, que aquilo não servia pra nada, contei que eu tenho em casa um quadro com uma equação estampada, escrevi a equação com giz, perguntei se aquilo fazia sentido pra eles, disseram que não, então falei bem por cima sobre a Identidade de Euler e sobre o porquê de eu achar ela a equação mais linda da matemática, disse que não servia pra nada, o motorista do ônibus nunca vai se recusar a te levar a algum lugar se você não souber a Identidade de Euler, mas que a forma elegante como ela relaciona números e operações fundamentais da matemática é o que tornava ela tão atraente pra quem entendia do assunto, ia perguntar se eles não achavam que o mesmo acontecia com aquelas pinturas, que se a gente entendesse melhor de arte ia ver a mesma beleza que quem compra ou pinta esses quadros vê, mas a coordenadora interrompeu a aula pra avisar que a reforma da sala dos professores vai durar mais uns dias e que teriam de usar a biblioteca pra guardar materiais, parece que tá tendo muito roubo lá pelo bairro, de noite, disse que a biblioteca vai continuar fechada, assim, quase no automático, como se ela não achasse que o aviso era necessário, já que a biblioteca vive vazia, até porque quase nem livro tem lá, depois disso só fiz chamada e liberei eles"

"queria escrever um conto sobre um censor da ditadura militar que fosse obcecado pela ideia de provar a seus superiores que a frase 'para ele, acordar no meio da noite era a pior das traições', frase que inicia um romance bem elogiado sobre a insônia, se trata na verdade de uma referência crítica ao golpe de 64. Em um diálogo longo e sem interferências do narrador, o leitor acompanharia o interrogatório do escritor, onde o escritor ia ter que provar pro torturador a intencionalidade apolítica da obra dele como um todo e principalmente do trecho. Outras possibilidades de metáfora crítica ao regime podiam surgir ao longo do romance sobre a insônia, precisaria ver isso direitinho. Daria também pra se basear na dimensão meio que catártica da tortura do jeito como ela é apresentada naquele livro do Bataille, acho que *A literatura e o mal*, e fazer assim como se a partir da carga da tortura mental surgisse uma identificação do artista com o algoz dele, o escritor enxergando o algoz como um tipo de leitor ideal, quem sabe o único que tem motivações éticas e estéticas para investigar a obra dele, alguém que foi transformado em inimigo por um simples acidente da história"

"tem esse professor de matemática que é o único sobrevivente de um acidente de avião, e que é amante da lógica, detesta que eventos com pouquíssimas possibilidades de se concretizar aconteçam, principalmente com ele, e então ele passa a pensar numa coisa, ele passa a ficar obcecado com a ideia de que ele também morreu no acidente, de que sua consciência levou ele de volta a um ponto que já aconteceu em sua vida, um ponto que foi apagado da memória dele, como se fosse uma fita que rebobina automaticamente quando chega no fim"

"a única regra que não tem exceção é a de que toda regra tem exceção, porque ela funciona como a exceção dessa regra, e quando faz isso ela meio que evita o prolongamento infinito de uma coisa que eu sempre achei que era o mais perto que a linguagem chegou de ser uma dízima periódica"

"tem alguma coisa bastante filosófica em ficar olhando a gata de estimação da dona da casa brincando com uma barata, jogando ela pra cima e pegando na boca, observando ela se afastar e meio que ter a ilusão de que conseguiu escapar só para ir atrás dela de novo e recomeçar toda a tortura, acho que tem a ver com a consciência de que eu posso acabar com o sofrimento da barata, tirando a gata dali, ou então, e aí seria até cruel usar a palavra acabar, ou então matando a barata com um chinelo, mas não faço nada disso por pura preguiça, e por essa tentativa de tirar algum sentido simbólico da coisa toda, e eu continuo pensando e pensando até que chega um momento em que começo a ter certeza que ali a barata sou eu, a gata é a vida e eu sou Deus, e pensar em Deus como alguém que podia acabar com o meu sofrimento, tirando a porra da vida de cima de mim, e que só não faz isso por ser sedentário é só uma parte do que me incomoda nisso tudo, o pior é imaginar ele se contorcendo para enxergar nessa situação um sentido ou uma alegoria para a própria existência dele, e ficando frustrado por não conseguir, porque esse é meio que o ônus maior desse cargo, o fato de que não tem ninguém acima de você, ser onipotente é basicamente observar todo mundo achar que suas perguntas são perguntas retóricas, inclusive essas mais abstratas, aliás, principalmente essas mais abstratas, pra Deus, se perguntar essas coisas não é só inútil, mas mostra também o limite mais humilhante da onipotência, é como aquele primeiro psicólogo que tentou dizer que a obsessão de Adão mandando Eva vestir folhas que fizessem ela parecer mais velha, tentou dizer que isso era complexo de Édipo, sem uma mãe não dá, é preciso partir de algum lugar, é preciso ter pelo menos uma referência de origem, será que é por isso que tanta gente que é adotada sente depois de um tempo uma vontade enorme de ir atrás dos verdadeiros pais, mesmo quando eles eram violentos ou desamorosos? a gente é programado pra achar que junto com quem nos fez existe também um manual de instrução capaz de nos ajudar a entender por que somos como somos? eu, pelo menos, eu só espero que Deus continue resistindo a essa vontade de ir buscar um chinelo, porque sinceramente a gata parece um pouco melhor do que o vazio"

"eu leio os autores que as pessoas dizem que são os melhores e só consigo encontrar uma coisa em comum entre eles, que é o fato de dizerem uma coisa querendo dizer outra, descreverem uma sala e na verdade apontarem para a tristeza, falarem de uma garrafa de vinho e na verdade estarem falando da morte, como se o que torna um autor realmente bom fosse a capacidade de sugerir com uma única cena ou personagem ou descrição a maior quantidade possível de coisas que não sejam esta cena ou personagem ou descrição, como se tudo se resumisse a saber lidar com metáforas, a levar mais longe a função da linguagem de ser uma coisa que se usa para remeter a outras coisas, isso me aborrece porque fico pensando naquela ideia de um conto ou romance ou poema que seja possível intuir da mesma forma que se consegue intuir um triângulo ou um círculo, quando alguém menciona alguma temática, gênero ou estilo, fico aborrecido por perceber que se a boa literatura tiver mesmo a ver com fazer referência ao máximo de significados usando o mínimo de recursos, atingir essa fusão entre ela e a geometria seria atingir na verdade uma espécie de antiliteratura, porque um triângulo ou um círculo perfeitos se bastam em sua própria perfeição, a imagem deles na cabeça das pessoas não depende de mais nada, enquanto uma obra que tivesse uma perfeição que alcançasse esse nível das formas que se pode intuir ainda estaria sujeita a que todas as suas possibilidades de interpretação fossem identificadas, a menos que o triângulo ou o círculo também estejam sujeitos a interpretações no sentido de que o círculo pode ser o de uma roda de bicicleta para uns e o desenhado por um compasso para outros, e o quadrado pode ser a face de um dado para uns e de um cubo mágico para outros, de modo que o desafio maior seria fazer com que uma mesma história pudesse ser lida de várias maneiras diferentes adotando-se pontos de vista diferentes"

"hoje eu interceptei uma bola de papel que o Gustavo jogou e quando perguntei o que era aquilo ele disse 'um origami abstrato' e de repente a sala inteira tinha virado um enorme intercâmbio de arte que sem nenhum senso crítico e de maneira meio tirânica eu interrompo todos os dias"

"gêmeos univitelinos são vítimas de um acidente, talvez um incêndio, não sei, um acidente do qual um sai morto e o outro amnésico, considerando que os documentos pessoais tenham se perdido no incêndio, que também apagou suas impressões digitais, o gêmeo que sobreviveu nunca saberá qual dos dois ele era/é, pensei nisso mais cedo e me pareceu uma situação fascinante"

"hoje eu vi uma mulher chorando no ônibus, estava lá no fundo, vi pelo reflexo do vidro em frente ao banco, sentada do lado de uma amiga ou conhecida que murmurava alguma coisa no ouvido dela, não sei se foi a amiga que deu a má notícia, mas achei que não, ela não tinha a atitude que se espera do mensageiro do fim do mundo, que meio que se compadece da angústia da pessoa pra quem está dando a informação e tenta confortar ela de algum jeito, pelo contrário, tinha alguma coisa de frio naqueles sussurros, na ausência de toque físico, como se ela estivesse repreendendo a outra mulher por sua tristeza, ou não compreendesse o tamanho da dor que estava presenciando, e havia também o choro em si, que era daquele tipo que, pela ausência de som, pode ser facilmente confundido com o riso, acho uma aberração que as manifestações mais extremas de duas emoções totalmente opostas possam ser parecidas, eu não via lágrimas, mas era como se a própria imagem tivesse alguma coisa de líquido, como se a proporção dessa tristeza subtraísse um pouco da validade de todos os bons momentos que aquela desconhecida pudesse ter tido desde que existe, outra coisa que notei é que ela não queria incomodar os outros passageiros, quem não estivesse olhando para o exato ponto que eu olhava, naquela hora, nunca saberia que tinha alguém chorando dentro do ônibus, e o que ampliava a desolação da cena era mesmo esse caráter privado, uma coisa que não dava pra reverter, parece absurdo e injusto que a tristeza seja o mais íntimo de todos os estados de espírito, o menos contagioso, aquele que isola quem detém ele do resto da humanidade, a vontade que eu ou qualquer outra pessoa naquele ônibus pudesse ter tido de sentar do lado da mulher, de ceder a ela o ombro e a disposição muda de compreensão, essa vontade hipotética já nascia anulada porque não compreenderíamos, nem nunca poderíamos compreender, as sutilezas que tinham levado ela até aquele sentimento, a real dimensão da coisa que acabava de se quebrar dentro dela, é isso, a empatia no fim das contas está baseada na transferência automática para o nosso próprio contexto, e se fosse a minha mãe que tivesse morrido, e se fosse eu o traído, e se... e nenhuma dessas opções leva em consideração a trajetória do outro, suas complexidades, visão de mundo, sua análise subjetiva das causas da coisa em si, sua projeção de como a vida vai se desenrolar, se é que vai se desenrolar, a partir dali, e nem é possível que seja de outra forma, porque a tristeza, no outro, parece que não pode mesmo ser mais do que constatação, daí a veracidade e desesperança, não sei se essa palavra existe, daquela frase que inicia *Anna Karenina* do Tolstói, desci do ônibus antes da mulher e fiquei por um tempo tentando me convencer de que as coisas talvez fossem melhores assim, porque, assim como uma piada parece ficar mais engraçada quando a gente compartilha ela com alguém que também ri, quem sabe se a tristeza não sofreria o mesmo aumento de intensidade se fosse dividida com quem pudesse compreender ela de forma total"

"e se existisse um mundo em que as palavras não fizessem referência às coisas, mas fossem realmente essas coisas, e em que dizer ou escrever 'tudo' criaria imediatamente algo parecido, apesar de ser bem mais denso, algo parecido com um buraco negro, porque condensaria no espaço dessas quatro letras a totalidade do que existe e do que não existe? talvez dê pra negar a realidade desse universo com base na quantidade enorme de idiomas e no fato de não se poder acreditar que a natureza fosse preferir uma única língua em vez de todas as outras, línguas do presente, do passado e do futuro, pois deve existir um idioma entre as muitas combinações que a escrita e a fala permitem em que a palavra 'tudo' signifique 'nada', 'vida' signifique 'morte', e dessa forma não haveria expressão que não guardasse em si mesma também o seu extremo oposto, o que acabaria anulando na prática todos os efeitos dessa realidade terrível. é muito provável, pensando bem, que esse mundo já exista, e que seja o nosso."

— Aonde você vai?

— Subir. Não leve a mal, mas acho que já bati minha cota de surrealismo por hoje.

— Não está acreditando em mim.

— Não, pelo contrário, eu estou acreditando em você. Eu estou acreditando pra caralho em você. Se tem uma coisa que eu tenho feito desde que a gente sentou, essa coisa é acreditar em você. O que é bem difícil, com você dificultando as coisas. Criando essa palhaçada toda pra se eximir de culpa por uma obra que praticamente ninguém critica. Que porra é essa? Não estão te dando tapinhas nas costas o suficiente? O que mais te falta? Ou o objetivo é só atualizar o mito da musa, dizer que você não passa de um intermediário de uma entidade abstrata que dita as coisas no seu ouvido? Você disse que não, mas estou começando a achar que isso aí é canseira de gênero; que, além da ficção, você está querendo atacar no ramo espírita. Ah, não?

O que é tudo isso, então? Uma tentativa de me converter ao kardecismo, porque você soube em algum lugar que sou ateu...

— É claro que uma hora a coisa tinha que ter a ver com você...

— Eu não estou supondo nada, meu amigo, *você* disse que o que queria contar ia ressoar na minha vida ou qualquer bosta assim...

— Sim, e você deixou pra se enfurecer só agora, porque percebeu que essa ressonância não era bem a que você esperava; que talvez o que eu quis dizer com aquilo foi que existe um paralelo entre levar o crédito pela obra de outra pessoa e fazer o que você faz, porque nos dois casos há um traço de parasitismo. É ou não é?

— Vai se foder.

— Senta aí, caralho, não é nada disso. A parte em que tu entra ainda não chegou, aquieta a porra desse ego e senta.

— Você é um parâmetro excelente pra falar de ego. Acha que ter um pouco mais de prestígio te diferencia dos outros, nisso? Que consegue enganar alguém com aquele teatrinho de sentir culpa, da falta de relevância da arte e o caralho? Eu sei o que está fazendo. Isso tudo aqui deve ser piada pra você. Mas uma piada da qual você mesmo não pode rir. Não agora, pelo menos, não na minha frente. Quer que eu saia daqui e escreva sobre essa conversa, que eu corrobore algum rumor interno babaca de que a sua... de que a sua suposta genialidade não veio de graça, de que o preço por ela foi a perda de parte do senso de realidade, como o Paulo Coelho dizendo que podia fazer ventar. Mas, mesmo se eu ficasse e ouvisse essa merda até o final, ninguém nunca iria saber dela por mim. Nunca. Aliás, é até estranho que você tenha escolhido logo a mim pra esse serviço, considerando que a gente tá no meio de um evento com tanto redator de tabloide que ia adorar ampliar o mito em torno do escritor cujo prestígio é a única coisa que faz o resto do mundo não esquecer que essa cidade de merda existe.

— Pelo menos ela te deu algum prazer, não?

— O quê?

— A cidade. Mesmo sendo de merda, pelo menos ela te deu algum prazer, não deu?

— Que porra que você tá falando?!

— Acho curiosa a velocidade com que a vida no interior pode entediar quem mora na capital. Sabe, eu fico impressionado com a quantidade de colegas que vêm passar uma semana aqui e na segunda noite já estão me perguntando onde é que tem um puteiro de respeito. Assim mesmo, "um puteiro de respeito", eles falam. Talvez, sei lá, o número menor de pessoas por metro quadrado acabe deixando eles mais à vontade pra procurar por um tipo de entretenimento que a lotação da metrópole meio que inibe. Até entendo. Mas alguns vão um pouco longe demais nisso, acham que até as leis ficam mais brandas à medida que se embrenha estado adentro. Não costumo ter muita tolerância com esse tipo. Rapaz, se eu sei de alguma coisa assim, de alguém que achou que por estar no interior podia fazer certas coisas, coisas que nem... sei lá, que nem, de repente, fazer uns pedidos incomuns nesses bordéis, se eu sei de um negócio desses, eu fico puto pra caralho... Ainda mais se é alguém do meu próprio meio, desse meio mais intelectualizado, sabe? Aí eu resolvo jogar a ideia que a pessoa tem da vida no interior contra a própria pessoa, e converso com um amigo, que conversa com outro, a notícia vai passando, e quando o sujeito percebe, da próxima vez que sai na rua, forma uma turba do nada ao redor dele, com pedaço de pau, pedra, ferro, tudo que tiver jogado pelo chão. Tem uns que dão sorte de cair logo nas primeiras pancadas, mas tem outros que sofrem um bocado na mão do pessoal. Não sei como andam as coisas na cidade, mas aqui o povo não costuma ter muita pena de gente assim, não. É um pessoal conservador, chucro, sabe? Você paga umas três pessoas, uma delas sendo mulher, que é pra dar mais veracidade pra coisa, paga umas três pessoas pra ficarem à paisana na rua, como se fossem só transeuntes comuns, o cidadão aparece, uma delas grita acusando ele da coisa que ninguém suporta, as outras duas chegam só intimidando na boca mesmo, logo vai juntando gente, alguém dá um chute, outro vai mais longe, e, quando vai ver, tá lá aquele bando de gente de boa índole massacrando um desconhecido. E a multidão se desfaz com a mesma rapidez com que se forma, não duvide. Vai cada um pro seu lado, seguir o caminho pra padaria, visitar a casa da avó... Quando a polícia chega, ninguém viu nada, é uma desconversa atrás da outra, e só resta chamar o rabecão pra levar embora aquele monte de carne inchada. Povo chucro. Isso... isso, senta aí. Vou lá pegar outra garrafa.

— Escuta, eu entendo que talvez seja um pouco difícil se concentrar a partir de agora, mas tente só terminar de me ouvir e... Enfim, talvez nada aconteça. Entendeu?

O escritor ia enchendo o copo dos dois enquanto falava. Sem olhar para ele, o crítico permaneceu em silêncio. Sentia a aceleração dos batimentos ecoando na jugular, uma camada de suor frio recobrindo o corpo como uma placenta. A transição não era sutil: o que tinha começado como uma conversa consentida assumia de repente feições de uma imposição perturbadora, se é que havia entendido direito o que acabara de suceder. E, apesar de sua parte mais otimista estar se apegando ao que a fala do escritor tivera de sugestão, não pôde conter a torrente interna de questionamentos, a recapitulação mental de todo o trajeto feito desde que havia pisado na rodoviária da cidade, a tentativa de recuperar a eventual presença de algum carro o seguindo sempre que deixava o hotel. Mas parte da apreensão era atenuada pela constatação de certo despropósito: o que alguém na condição do escritor poderia ganhar com aquilo? Ou a chantagem objetivava, de fato, mantê-lo ali, como uma Sherazade invertida, a aparente possibilidade de perder a cabeça caso não submetesse sua atenção à narrativa alheia? Mas isso também não traía a casualidade atribuída pelo escritor ao encontro, no início da conversa? Fosse como fosse, a postura dele não convidava à solicitação de esclarecimento a nenhuma dessas questões, e ao crítico era reconfortante ainda poder contar, naquele contexto, com a hipótese do mal-entendido, do que figura no espaço cinzento entre a ameaça não verbalizada, embora suficientemente contundente para inibir a ideia da ação, e a noção de que o que nos impede de agir é uma possibilidade, não um fato. Fingir que a decisão de permanecer ouvindo aquela história tinha sido inteiramente sua, contudo, exigia a desconsideração deliberada do advérbio que se destacava na penúltima frase do escritor como uma forca em meio a balanços de corda. Começou a sentir medo pela forma como sua vida supostamente ia tangenciar algum elemento daquela narrativa, em cuja continuidade, de fato, custou-lhe algum esforço seguir prestando atenção.

Depois de ler o caderno de notas, e para seguir com a mente afastada do plágio que tinha protagonizado, o escritor se dispôs a confrontar os elementos da vida do matemático que as páginas deixavam entrever com aspectos do conto enviado ao concurso. "Claro que eu sabia que a biográfica é sempre a mais rasa dentre as possibilidades de análise de um texto literário, mas aquilo não era uma busca teleológica pelo sentido da obra, mas por sua origem." Os músculos relaxando de leve, o crítico tentou enxergar nessa autojustificativa um sinal de que talvez tivesse de fato interpretado mal as palavras do outro homem, que pelo jeito ainda o considerava a ponto de demonstrar que não compactuava com uma modalidade de apreciação cuja validade ele, crítico, sempre pusera em dúvida. Não se perdeu a humanidade enquanto se conserva um resquício de afinidade estética.

A releitura cuidadosa do conto revelou paralelos interessantes, e talvez não muito forçados, com a história do matemático.

— Havia ali muitas coisas que se repetiriam nas obras seguintes, embora em menor escala, como a presença de conceitos matemáticos como uma assinatura — prosseguiu o escritor, com entusiasmo de detetive de romance policial na cena em que tudo se justapõe. — Pra começar, me chamou a atenção a ideia de que a literatura pudesse ser salva pela matemática, o processo de interpolação não só produzindo um acervo que abrange todas as obras possíveis como eliminando as dissonâncias e cacofonias. A primeira obra a desaparecer é *A vida modo de usar*, um romance cuja estrutura ramificada se assemelha muito à de um fractal, e cujas possibilidades de leitura estão relacionadas às regras do xadrez, a forma lúdica da matemática por excelência. Parecia ridículo, mas talvez fazer com que a primeira extinção fosse a desse romance na verdade configurasse uma espécie de catarse para o próprio ego ferido do matemático, que viveu para ver Georges Perec publicar antes dele uma obra cujo conceito estava dentro daquilo que ele almejava em termos de literatura, em termos de arte. Outra coisa: o único personagem nomeado em todo o conto é "Tsun Quignard", uma combinação tão improvável que não podia ter sido feita ao acaso. O bibliotecário cego podia ser só uma referência óbvia a Borges, não fosse por ser também um matemático, e a pessoa que acaba dando com a ideia que "salva" a literatura. Além disso, mais tarde pesquisei sobre o sobrenome, e descobri que existia, que existe, aliás, um escritor francês excelente chamado Pascal Quignard, cuja obra gira, em parte, você provavelmente não ignora, em torno do fracasso da linguagem como mecanismo de expressão de determinados conceitos. Já o Tsun foi muito fácil de relacionar a Yu Tsun, do "Jardim de veredas que se bifurcam", do próprio Borges.

O escritor não explicou a função do personagem na trama do autor argentino, e, se estivesse mais calmo para prestar atenção, o crítico teria ficado satisfeito por não ter tido seu conhecimento subestimado, como supunha haver acontecido com o "complexo de Engels" do início da noite. Na história urdida por Borges, Yu Tsun era um espião chinês infiltrado na Inglaterra de 1916 a serviço do império alemão. Sua missão era comunicar à base qual cidade inglesa deveria ser atacada, por comportar "o novo parque de artilharia britânico". Tsun, no entanto, vê-se impossibilitado de transmitir a informação devido "ao estrépito da guerra" e ao fato de ter sido descoberto e estar sendo caçado por um implacável capitão inglês, o que o leva a tomar uma medida extrema para completar sua tarefa.

— O nome chinês, então — continuou o escritor —, estaria relacionado à incapacidade de comunicação num nível pragmático. Tsun conhece uma palavra, mas é incapaz de transmiti--la. Quignard sente algo familiar, mas não tem palavras para expressá-lo. Juntos, esses dois nomes perfazem a imagem do bibliotecário cego que é referência dupla, a Borges e à condição paradoxal de acesso físico e impedimento sensorial àquilo que mais se ama. Um alter ego bem claro do matemático, pela devoção às letras e aos números, e por ser, na trama, o responsável por reconstruir todo o legado da literatura. A concretização ficcional de uma pretensão ao heroísmo.

O crítico evidenciou o lábio inferior.

— Quer que eu deixe seu currículo lá na universidade?

Como a maioria dos habitués do meio literário nacional não ignorava, "A página em branco" tinha vencido o concurso cujo tema era a obra de Jorge Luis Borges. Nos comentários a respeito da decisão, fora muito exaltada a clara referência aos desmandos dos anos de chumbo da ditadura, cuja memória ainda se fazia e faria presente em boa medida na arte produzida no país. Além dos 1.800 cruzados, o escritor ganhou a passagem de avião para ir receber o prêmio em Brasília, onde, durante toda a cerimônia de entrega, ficara atento às pessoas que se levantavam de súbito na plateia, temendo se tratar do verdadeiro autor do conto vindo desmascará-lo, embora a convicção de que o ficcionista estivesse morto houvesse se solidificado um pouco mais depois de suas pesquisas, que também tinham incluído uma visita ao colégio em que o matemático lecionara, e que não existia mais. Por causa da gravidez, Daniela não pudera viajar, mas havia feito questão de se desculpar com o namorado pelas brigas dos últimos dias. Foi a primeira ocasião em que o escritor usou o terno dado de presente pelos pais, quando de seu ingresso na faculdade de Direito. No final do evento, aproximou-se do autor que ficara em segundo lugar, e com o qual já tinha trocado algumas palavras, e perguntou se ele conhecia algum romance chamado *Filosofia da composição*.

"Não. Só o ensaio do Poe. Nem sabia que tinha um romance com esse título."

E não tinha. De volta à cidade natal, a primeira coisa que o escritor fez, depois de depositar o dinheiro na conta de Daniela e visitá-la em casa (o sogro não estava presente na ocasião), foi ir até a biblioteca municipal à procura de uma coletânea de textos do autor estadunidense. Havia dois volumes disponíveis de uma coleção que integrava poemas e ensaios. Como o sistema de empréstimos estivesse passando por um processo de reestruturação, ele teve de fazer a leitura na própria biblioteca.

— Você conhece o "Filosofia da composição", imagino — disse a versão mais velha do escritor. O crítico assentiu, lembrando-se por um instante do encanto juvenil que sucedera sua própria descoberta do ensaio do Edgar, tantos anos antes, e que tinha sido substituído ao longo do tempo por um sorriso amarelo de cumplicidade. Até que havia sentido naquilo, ele pensou, correndo os dedos pelo caderninho preto em sua mão. Sendo o matemático, primeiro, um aspirante a escritor e, depois, um professor daquela disciplina, não era difícil imaginar o fascínio redobrado que a obra lhe despertara. A proposta do criador do detetive Auguste Dupin nas cerca de vinte páginas de "Filosofia..." era basicamente demonstrar que, em se tratando do fazer literário, conceitos como inspiração, intuição e o "sutil frenesi" que tantos autores (sobretudo os de poesia) pretendiam fazer crer ao leitor que estavam por trás da composição de suas obras não passavam de mitos fomentados ora pela vaidade dos próprios ficcionistas, ora pelo desconhecimento consciente da técnica racional que eles haviam empregado para o alcance de determinado resultado estético. Através da dissecação metódica do processo por meio do qual escrevera seu poema mais famoso, "O corvo", Poe tinha buscado em suas próprias palavras, "tornar manifesto que nenhum ponto [daquele processo] se referira ao acaso, ou à intuição, e que o trabalho havia caminhado, passo a passo, até completar-se, com a precisão e a sequência rígida de um problema matemático". Segundo Poe, um resultado satisfatório passava pelo crivo de capacidades contraintuitivas, de observação, medição e análise criteriosa de efeitos. Seu ensaio configurava o manifesto definitivo de aproximação do mecanismo de produção literária (e, por extensão, do fazer artístico em geral) com aquele que movia as engrenagens das ciências exatas.

O sorriso amarelo do crítico (e de uma porção de especialistas, que ia de T. S. Eliot a Ernesto Sabato) em relação à proposição do Edgar derivava de duas observações, consolidadas ao longo de sua formação na área: era impossível saber se, no momento da criação do poema, o escritor havia de fato seguido o método que expusera ou se, fiel a um artifício regressivo de aplicação circunstancial (do qual ele próprio se confessara adepto, no início do ensaio, pelas possibilidades de conferir aspecto de causalidade a eventos que tinham sido pensados em função do epílogo), ou se, enfim, ele havia inventado, *a posteriori*, um processo que justificasse cada escolha feita na obra. A segunda observação era de ordem subjetiva: parecia-lhe perigoso, para não dizer francamente leviano, fomentar a crença de que o trabalho autoral se resumia a disciplina e método, que era tudo o que autores iniciantes e com pouquíssima aptidão para a escrita precisavam para se convencer de que também haviam sido aquinhoados com um suposto talento latente e universal.

O pretenso poeta que era o matemático se afeiçoara à noção de que o metodismo das anotações e a disciplina da constância seriam suficientes para alicerçar seu projeto literário. Ao morrer, tinha deixado para trás todos os fragmentos desse plano inconcluso, como os vestígios de uma obra embargada repentinamente por problemas estruturais, ou os desenhos geométricos de escadas dando para lugar nenhum que povoavam seu caderno. Era curioso notar como o panorama que a história do escritor ia aos poucos compondo revelava-se pródigo em repetições de ao menos uma forma: a da literatura como algo pelo qual não se quer ter culpa. O que o escritor, o matemático, o método de Poe e o primeiro conto supostamente trazido à tona pelo criado-mudo pareciam buscar, ou ao menos tematizar, era a possibilidade de se alcançar a plenitude das categorias estéticas eliminando-se ou reduzindo-se ao mínimo em sua fonte o componente humano, essa espécie que, com seu sentimentalismo intrínseco, seu pendor a contaminar com significação o que em essência prescinde dela, tenderia a conspurcar as águas cristalinas de uma arte à qual, se fosse conferida autonomia absoluta, talvez ombreasse a magnificência de um pôr do sol, de uma pedra no leito de um rio, polida ao longo das eras pela correnteza indiferente. Não se tratava apenas de enxergar o caos como ordem por decifrar, como na epígrafe de José Saramago, mas de, como afirmou Jean Cocteau, perceber que mesmo a maior obra-prima da literatura não passava de um dicionário fora de ordem. Renunciar à autoria de algo, atribuir a uma produção artística uma causa randômica era quiçá a forma mais segura de garantir sua transcendência.

Antes de deixar a biblioteca, o escritor se lembrou de pegar o edital impresso de outro concurso literário no balcão da recepção. Era a primeira vez que se sentia seguro para fazer um novo teste, porque até ali, até a vitória no concurso, as coisas pareciam irreais demais, e não estava confortável com a ideia de encarar com naturalidade um evento cuja natureza contradizia sua experiência de mais de duas décadas de conformidade com a lógica, como o personagem de um romance de realismo mágico que simplesmente aceita o absurdo. No entanto, recebido o prêmio e acalmados seus temores de desmascaramento, era como se parte do absurdo estivesse tão irrevogavelmente consumada, e com ela seu quinhão de culpa, que não ir até o fim nas verificações já iniciadas seria o mesmo que aceitar que as pegadas encontradas na sala na noite de Natal fossem de Papai Noel, e simplesmente voltar a dormir.

A república estava silenciosa, apesar da hora pouco adiantada. Entrou no quarto e trancou a porta. Desempacotando a resma de folhas que havia comprado numa papelaria a caminho de casa, contou exatamente a quantidade máxima estipulada no edital: oito páginas. Guardou-as, então, na gaveta de baixo e depositou o edital na superior. Aguardou por cerca de uma hora. Reabriu as gavetas. Nenhuma alteração. Por um momento, avaliou a própria expectativa e se deu conta mais uma vez da loucura a que estava se submetendo. Havia vencido um concurso com uma obra que não tinha escrito — e tal constatação era tudo o que as circunstâncias permitiam saber. Talvez o verdadeiro autor jamais aparecesse, talvez um dia descobrisse que sofria de uma forma inédita de sonambulismo. No fim, tudo se resumia à sua opção por se apropriar do conto, ao fato de que era preciso lidar com as possíveis implicações dessa escolha de forma racional, sem espaço para romantizações ou fantasmagorias sem fundamento.

— E, no outro dia, o conto também estava lá — antecipou o crítico, sem esconder o tom de enfado.

— Estava. Tão bem escrito, tão fluido, tão perfeito para o tema proposto quanto o anterior. E o tema proposto era a obra de um escritor local de quem eu nunca tinha ouvido falar. Pus meu nome nesse também. E venci o concurso.

Uma fatalidade, no entanto, viria se interpor ao fascínio do escritor pela confirmação da descoberta: durante uma caminhada num parque ecológico com a mãe, e feita sob orientação médica, Daniela tinha sofrido um aborto natural, aos cinco meses de gestação. Era preciso admitir, contudo, ele afirmou, protegido pelas décadas de distanciamento no tempo, que o fato teve muito mais impacto sobre a namorada, sobre a família da namorada e sobre seus pais do que sobre ele mesmo. Ou talvez ninguém estivesse sentindo tanto aquela perda — mas é possível perder o que não se chegou a ter? —, mas se achasse na obrigação de mostrar aos demais que sentia, como quando somos crianças e não conseguimos chorar no enterro de um parente relativamente próximo com o qual, no entanto, não firmamos vínculos consistentes, e nos culpamos por isso. No seu caso, não é que não houvesse se habituado à ideia da paternidade — se é que um dia alguém em algum lugar do mundo se habituara —, apenas conseguia perceber o truísmo que era a ideia de que um ser não nascido que deixa de existir gera infinitamente menos tristeza, infinitamente menos comiseração, no núcleo de seres-expectativa formado à volta dele, do que outro que, já tendo feições e uma personalidade ocupando espaços irrevogáveis na memória e no coração daqueles que compõem seu círculo afetivo, se vai. Mas, é claro, o motivo principal para sua reação interna — e decerto mais inconfessável, então — era que não podia negar o viés de segunda chance que o acaso lhe dava, poupando-o, bem como à esposa, e embora por via trágica, da responsabilidade precoce para a qual, sendo francos, nenhum dos dois estava sequer remotamente preparado. Tudo isso, desnecessário esclarecer, ele não disse a Daniela, limitando-se à função de presença fiel e consoladora durante todo o período de luto da namorada, ou, como ele no fundo desconfiava, durante toda a convincente encenação de luto da namorada.

Depois que os ecos da fatalidade dissiparam, ele voltou a se dedicar às experiências com o criado-mudo, cujo nome passou a ter, a partir dali, um sentido mais aprofundado. A profissão do antigo dono do móvel, suas pretensões poeanas de integrar literatura e matemática e a frustração como artista esclareceram pelo menos um ponto na mente do escritor — que, graças aos sucessivos concursos ganhos, logo tinha juntado dinheiro suficiente para comprar o criado-mudo e deixar a república, e só não o fazia por medo de que o móvel perdesse seu efeito, fora dali. As coisas funcionavam, basicamente, do mesmo jeito: antes de dormir, ele deixava o edital do concurso e a quantidade de papel exigida em gavetas separadas; na manhã seguinte, o texto estava pronto. Produziu, num intervalo de quase dois anos, de poemas a pequenas novelas, de contos a romances e, em duas ocasiões, até haicais. E, independentemente da extensão, todos pareciam representar o próprio arquétipo platônico do tema proposto, de tão irrepreensíveis. As experiências também lhe permitiram elencar algumas limitações: com tema livre, por exemplo, o objeto não funcionava, e não era possível exigir a produção simultânea de duas obras. Conjecturou que o móvel houvesse retido, de alguma forma cuja impossibilidade de compreensão ia aos poucos ofendendo menos a sua incredulidade, dada a descoberta de regras que conferiam ao processo todo ares de empirismo, conjecturou que o móvel houvesse retido a consciência matemática do ex-proprietário, que por fim tinha encontrado um meio de aplicar seu metodismo exato à ciência inexata da produção literária. Toda vez que lhe indicava as medidas de um texto, era como se lhe propusesse um problema aritmético, que o criado-mudo, então, se encarregava de resolver, fornecendo a resposta logo que o sol nascia. E, assim como o resultado de uma equação não admitia contestações, a ninguém ocorria sugerir melhorias para um texto produzido no interior da gaveta. Neste sentido, inserir nela uma página com "tema: golpe de 64; especificações: 10 laudas etc." era o mesmo que propor a um aluno aplicado "se um trem X sai da cidade Y a N quilômetros por hora...". Atingindo essa simbiose, esse nível de excelência, disse o escritor, as obras como que adentravam o invulnerável mundo das abstrações aritméticas.

Qualquer retrospectiva dos anos seguintes em sua vida teria de incluir o sepultamento do amor-próprio sob pás e mais pás de colheita da glória alheia, ainda que não fosse possível definir com precisão a quem esse "alheia" se referia — um fantasma? Um eco de consciência que, como um rabo recém-cortado de lagartixa, insistia em seguir se movimentando? Apesar de certa inconstância, questões relativas à moralidade de sua atitude nunca deixariam de lhe ocorrer, de forma mais ou menos incisiva. Nos momentos de autocomplacência, dizia a si mesmo (e a simples formulação do argumento lhe causava desconforto) que não parecia estar nos interesses de uma "entidade" que, uma vez liberta do jugo da realidade física, continuava se empenhando na criação meticulosa de obras apreciadas neste plano — não parecia estar nos interesses de uma entidade que se manifestava por essa via a permanência no anonimato. Tentou enxergar a si mesmo como o intermediário de uma transação estética (e neste ponto o crítico riu), o curador de uma exposição que eventualmente deixava de mencionar o nome do artista, ou o substituía pelo seu. "Eventualmente", claro, era eufemismo, mas imaginava — outro subterfúgio para lá de canalha — que qualquer esforço no sentido de revelação da suposta verdadeira autoria dos originais teria o efeito colateral de aproximar a arte produzida no interior do criado-mudo do hediondo proselitismo inerente à literatura espírita. Não faltariam "especialistas" dispostos a analisar a meticulosidade da prosa e a cadência dos versos pelo prisma de tensões imaginárias entre os planos material e espiritual, ou qualquer imbecilidade do gênero. A alteração nos créditos era, portanto, um preço necessário para que a obra ingressasse na eternidade pelo gênero certo.

Logo o escritor tinha se tornado um nome respeitado no meio. Recebia telefonemas de editoras e jornais com propostas de contratação, e recusava todas. A dificuldade de lidar com prazos e figuras de autoridade ainda existia — e, mesmo, despertaria suspeitas se levasse o criado-mudo para a redação. Com o fim da crise e o aumento das encomendas, mudara-se com Daniela para um apartamento financiado, onde o criado-

-mudo, afinal, continuou funcionando, mesmo depois de uma demão de verniz. A certeza definitiva sobre a identidade do autor viria quando, para ter a ilusão da coautoria, ele passou a acrescentar, nos editais inseridos, uma alínea especificando preferência por manuscritos, e ficava horas digitando com sofreguidão o resultado obtido no computador: a caligrafia era a mesma do caderno. Quando o constatou pela primeira vez, ele chorou, trancado sozinho no escritório com o móvel e uma garrafa de conhaque. A consciência de estar roubando a eternidade de outra pessoa.

Depois da mudança para o segundo e atual apartamento, a notoriedade amealhada pelo escritor trouxera ao convívio do casal a pequena intelectualidade da região — escritores, professores universitários, membros da orquestra sinfônica local e artistas plásticos que ajudavam a substituir os churrascos quinzenais de fim de semana por saraus com discussões literárias e recitação de poemas. Os parentes também tinham feito menção de voltar a aparecer, embora a eles a receptividade do casal nunca descambasse para a efusão, sendo apenas da ordem das boas maneiras. André, o irmão mais velho, era uma exceção: recebiam-no com entusiasmo ainda maior do que o dedicado aos amigos, também por conta do carinho que o escritor nutria pelo filho do outro, seu primeiro e único sobrinho.

Com a ajuda do companheiro, Daniela terminou o curso de Design numa universidade particular. Seu temperamento impaciente tinha sido abrandado ao longo dos anos e com a saída da casa dos pais, que nunca pareceram perdoá-la de todo, e o escritor suspeitava que não houvesse dia em que ela não se culpasse pelo desencorajamento promovido no início de sua carreira. Naturalmente, jamais contara nada à companheira. Não achava que fosse conseguir explicar a complexa engrenagem por trás de sua decisão — ou melhor, não achava que Daniela fosse conseguir ir além da parte da engrenagem que dizia respeito ao roubo puro e simples.

A segunda gravidez veio oito anos depois da mudança. E o escritor teve a breve oportunidade de perceber o quanto a alteração de contexto influía na manifestação e na intensidade do sentimento por um filho que se aproxima. A ausência completa de perspectiva — ou a ramificação dessa perspectiva numa gama de possibilidades da qual escolher apenas uma despertava menos orgulho ou alívio pela tomada de decisão do que arrependimento pela negação de todas as outras —, a ausência de perspectiva da juventude tinha tornado a iminência da paternidade um sentimento indistinguível da antecipação de um sofrimento. Com aquela mesma isenção emocional proporcionada pelo distanciamento no tempo, ele pensou que, dependendo da fase da vida que se atravessa, a revelação de que seremos pais pode provocar sensação idêntica à de que que somos portadores de uma doença incurável. Porque, no mais provável dos prognósticos (aquele que, quando não se concretiza, é tido como antinatural, submergindo na zona difusa das tragédias ou dos milagres), no mais provável dos prognósticos, tanto o filho quanto a enfermidade estarão conosco até a consciência se extinguir, serão a goteira ressoando ao fundo de nossos pensamentos mais felizes. E em ambas as situações a alteração do cenário só pode ser promovida pela via da morte — do próprio paciente, no caso da doença, e do filho ou do genitor, no da paternidade.

A contraparte daquela felicidade antecipada, tornada plena por não dividir espaço com demandas imediatas de sobrevivência, de sustentação do próprio orgulho ante os pais e o acaso que costumava presenteá-los com sucessivos reveses, no passado, a contraparte daquela felicidade, enfim, era sem dúvida o sentimento sem nome que sucedia à anulação repentina da existência potencial que lhe servira de mote — um sentimento do qual os dois também tinham sido vítimas. A ausência de batimentos do feto, registrada no ambiente asséptico, impessoal, de um consultório novo no centro da cidade, numa manhã fresca de maio, e na mesma etapa da gestação em que ocorrera o aborto anterior, levaria um tempo longo demais até deixar de se fazer presente em cada ato posterior da relação entre o escritor e Daniela. Era o silêncio que se seguia ao desligamento do chuveiro, das bocas do fogão, do ar-condicionado nos dias frios, o que preenchia o intervalo entre o fim do jornal e o início dos comerciais, o que se impunha quando a britadeira de uma construção em frente ao prédio cessava lá embaixo. A expectativa por um ruído que não chega, que nunca chega, tinha o efeito de deixar as coisas em suspenso, porque não há quem se conforme em ter confundido o fim da música com uma pausa, e a gratuidade do logro é ampliada pela constatação de que não existe um elemento culpável por trás dele, nenhum maestro cruel, nenhuma entidade superior a que se apegar e à qual odiar, e então o silêncio, esse equivalente auditivo da tela em branco, vai sendo preenchido com o significado que nossa pareidolia interna lhe atribui, à revelia de nós mesmos. Cada um a seu modo, ambos se retraíram, retirando-se para um lugar no qual alguma coisa fizesse sentido, mesmo que fosse um sentido provisório, fugaz, que apenas impelisse a embarcação em um rumo qualquer. Ele se apegou por uns dias à ideia fácil e um tanto ridícula da maldição, de que o preço por ter se apoderado da eternidade do matemático estivesse sendo subtraído de sua própria oportunidade de perdurar no legado de um filho. Em seguida, afastando esses temores por achar que nunca recuperaria a sanidade de que ele e sobretudo Daniela precisavam, se lhes desse crédito, até para o caso de um dia tentarem outra vez, tinha criado, de forma meticulosa, o edital para um concurso imaginário que até hoje considerava sua obra-prima (a única da qual podia se orgulhar, em algum nível), adequando o turbilhão de emoções que então o envolvia — a perda, o distanciamento, a completa falta de vontade de resistir, de se antecipar mentalmente até o momento em que tudo o que agora suportava faria parte de um panorama essencial para a construção da personalidade daquele que então ele seria —, adequando o turbilhão de emoções à proposta de uma coletânea de contos que investigasse suas variadas manifestações no cotidiano. O resultado fora o livro de 216 páginas publicado com o título de *Miragem de estrada ao meio-dia*.

    A obra que fizera o crítico conhecê-lo.

Terceira parte

Eles chegam cedo à casa da mãe do crítico, que então ainda não é crítico, é um professor recém-aprovado num concurso para lecionar na universidade federal. É a primeira vez que visita a mãe após a notícia da aprovação, e espera que as evidências recentes de seu êxito, entre as quais está o Fiat Uno em que chegam, e que ela já conhece, espera que tais evidências sejam suficientes para aplacar na mãe os temores, nunca dissipados de todo, nem mesmo quando ele já morava sozinho havia quase cinco anos, de que a vida adulta fosse subjugá-lo, como tinha feito com tantos homens na família.

Elena está no celular quando descem. Cumprimenta nora e filho de longe, dando a bênção a este com um aperto de mão imaginário, uma espécie de figa sacudida no ar. A animação na fala da mãe o agrada, porque significa que do outro lado da linha está alguém da família com a qual ela retomara contato havia mais ou menos oito meses. Filha não reconhecida de um fazendeiro de Pernambuco, Elena a muito custo tinha cedido às tentativas de reaproximação da família de seu pai, agora arrependido, e cujas demais filhas apenas então haviam sido informadas da existência da irmã. Várias ligações e duas viagens ao Nordeste depois, ele conseguia se sentir um pouco menos descrente do arranjo, além de ter atenuada a própria culpa por deixar a mãe sozinha em casa tendo quase 60 anos e somente dois cachorros por companhia, pois a reconciliação com os parentes a manteria, ao menos por um tempo, distraída da solidão que parecia inerente àquela casa no fim da rua.

Para aquele fim de semana, tinham reservado estadia numa pousada de uma cidade turística a quarenta quilômetros dali, com o objetivo de comemorar a aprovação dele, mas também, e talvez principalmente, o de começar a conceder a Elena uma parcela ínfima do bem-estar que ele achava que lhe devia, sobretudo nos momentos em que, sozinho no quarto que usava como escritório, olhava à volta e percebia como nada do que ia aos poucos conquistando teria sido possível se ela houvesse sucumbido ao peso das muitas circunstâncias adversas, herdadas de seu contexto familiar ou adquiridas e pioradas ao longo da vida.

Júlia ajuda a sogra a levar as malas para o carro enquanto ele apanha as fezes dos cães nos fundos do quintal, sentindo no toque com o cabo da pá pesada, a mesma que o pai usava para fazer concreto e com a qual quase tinha matado um dos cachorros, ao saber que o filho havia sido mordido por acidente, uma vez, sente no toque e no peso da pá um desconforto que também é o que lhe causa saber que a mãe continua ali, coexistindo com texturas e cheiros e imagens que para ele compõem um passado que a memória já não consegue dissociar do sentimento de tristeza. Revive, nos poucos minutos que dura a limpeza dos dejetos, o antigo sonho de comprar uma casa para ela numa chácara, então e hoje, por algum motivo, o entorno habitacional que mais enseja a imagem de uma velhice feliz.

Elena repassa para a vizinha do lado as últimas instruções quanto aos horários das refeições e da troca da água dos cachorros e se dirige para o carro no mesmo momento em que Júlia o faz. Durante muito tempo, ele tentará reconstituir essa cena na memória — Júlia dando a volta no Uno pela frente, Elena fazendo o mesmo por trás, ainda se despedindo da vizinha —, buscará identificar se a concessão do lugar em que a namorada estava acostumada a ir se dera porque Elena tinha alcançado o carro primeiro, ou se havia sido um oferecimento espontâneo de Júlia, e portanto destoante do histórico que ela construíra até ali, em termos de polidez. Saem às 7h15, o céu seminublado, os latidos dos cães que parecem pressentir o fim do mundo fazendo ecos na esquina.

No caminho, conversam sobre amenidades, as fotos dos quartos da pousada, o quão econômico é o carro, as trilhas que pretendem fazer, e logo chegam à aprovação no concurso, a mãe o parabeniza de novo, retoma a história contada mil vezes de que sempre tinha se oposto ao escarcéu que o pai fazia pela quantidade de livros espalhados pela casa "quando o único livro que importava era a bíblia, um dia Deus manda uma praga que vai apagar todo o resto", pede desculpas ao filho por não ter podido interferir quando seus livros foram queimados, ele se aborrece, por que falar daquilo agora?, há um curto silêncio incômodo, mudam de assunto, a mãe se volta para Júlia, no banco de trás, pergunta como anda a faculdade, eu não entendo nada de matemática, ela faz física, mãe, qual a diferença?, riem, Elena comenta, num tom estranho, que talvez fosse mais apropriado para uma conversa a sós com a nora, comenta que em suas orações nunca deixa de agradecer a Deus pelo aparecimento dela na vida do filho, que consegue sentir, do banco do motorista, o desconforto mesclado a gratidão que emana da namorada, ateia convicta, antes de uma coisa estranha acontecer, antes de a mãe, em reforço às palavras anteriores, chamar claramente Júlia por outro nome, o nome da namorada do filho da vizinha, Júlia não demonstra ter percebido o erro, assim como ele, nem mesmo quando Elena o repete, "só você pra aguentar esse menino...", e repete o nome da nora da vizinha, e daquele momento em diante a dupla troca de nomes — que, se ocorresse vinte ou trinta anos antes, não passaria de uma distração absolutamente desculpável, pelo estresse dos afazeres, pela convivência com um marido instável, pela procura de um significado para ter sido desprezada em criança e lançada numa vida adulta que de "volta por cima" nada tinha —, a troca de nomes vira uma quarta presença no carro, uma silhueta que se interpõe entre ele e a mãe e entre esta e Júlia, a manifestação antecipada de uma preocupação que, se for confirmada, será dele para sempre (porque "sempre" parece ser a medida de tempo que invariavelmente usaremos para nos referir ao que resta de vida a nossos pais), mas não é tanto isso que o incomoda, agora, é Júlia, que ele observa pelo retrovisor, sem conseguir identificar se aquilo na testa é uma ruga ou uma parte rebelada da franja diagonal que tanto odeia, é Júlia que o preocupa, é Júlia que, no começo, será compreensiva, a gente precisa cuidar dela, garantir a segurança dela, é Júlia que, com o tempo e as dificuldades da nova rotina, colocará tudo em perspectiva, duvidará da validade do sacrifício que faz, por que precisa comprometer os muitos anos que lhe restam a um evento fortuito acontecido na metade da segunda década de sua vida?, não seria possível culpá-la, mas ele percebe que, em sua projeção, já o faz, absurdamente já o faz, já a culpa pela frieza, pela pouca idade, pela falta de empatia, e nisto escuta a voz odiosa do pai, rapariga mais nova que tu tantos anos não presta, uma hora se dá conta que não nasceu pra ser babá de velho e cai fora, e o fato de estar pensando no pai quando o Sedan que vem em sentido contrário perde o controle e bate no caminhão-baú à frente deles, que por sua vez é lançado com força de encontro ao Uno, atingindo sobretudo o lado direito, o fato de estar pensando no pai quando a existência da mãe é interrompida por um evento aleatório que não deixa culpados imediatos, porque a motorista do Sedan também morre, esse fato o autoriza a odiá-lo uma segunda vez, ou a revestir o ódio que já sentia com uma camada à prova da remissão que se costuma conceder a quem nos feriu durante toda a vida no momento em que esta, em nós, vai se esvaindo, prenunciando o aniquilamento da consciência.

    A casa se enche de desconhecidos, de vizinhos, de colegas da igreja, de parentes, ele vê o avô choroso e tem vontade de esmurrá-lo, de arrancar com um alicate cada um de seus dentes implantados, os cachorros fazem silêncio nos fundos, será que sabem que ela nunca mais vai gritar com eles?, será que temem morrer sufocados no meio da própria merda, agora que não haverá quem a apanhe?, as pessoas se aproximam, desejam-lhe força, falam do que sentiram ao saber da notícia como se ele estivesse interessado, como se devesse atender à convocação de se pôr em pele alheia quando sob a sua própria não há nada, ou, antes, só há projeções, as primeiras tentativas de reconstruir o futuro a partir da premissa da ausência, nunca mais as ligações, nunca mais a bênção, nunca mais os convites para a igreja, nunca mais a preocupação com a temperatura do corpo, o que comia, se estava feliz, morrer é fazer-se indisponível para tudo, é uniformizar o tratamento despendido aos outros, é responder com igual indiferença aqueles que não se conhecia e aqueles por cuja sobrevivência se trocaria a própria vinda ao mundo, é começar a ser esquecido, enfim, quando os outros se dão conta de que à permanência na memória não corresponderá uma alteração no tratamento que recebem daquele que morre, e para o qual já não são especiais, nem protagonizam lembranças, nem são alvo de comentários quando viram as costas, a ausência de reação tende a cansar, ou a soar como um tipo estranho de ingratidão, primeiro entre os menos próximos, que então se põem a julgar a persistência de quem insiste em fazer daquilo o foco absoluto de suas falas e ações, ou a razão de sua renúncia à normalidade, e para estes por vezes a absolvição só chega na forma de um sonho em que o morto alega estar bem, e lhes pede que não se entristeçam mais, a miragem engendrada por um subconsciente desesperado para impedir que todo o sistema sucumba à inanição, mas ele não chega a sonhar com a mãe, nos primeiros anos, e tenta se sentir grato por essa recusa ao cinismo.

    As questões relativas ao espólio o mantêm ocupado por um tempo. Quando leva para a vizinha os cartões de vacina dos cães (que a mulher concorda em adotar, já que animais não são aceitos no prédio), ele vê a namorada do filho dela, e recorda pela primeira vez a situação que antecedeu o acidente, a troca dos nomes, a crueldade com que um problema pode se converter tão de repente em algo muito pior, e que o soluciona para sempre, para sempre. Recém-chegada de uma viagem para fora do país, a moça lhe dá suas condolências um tanto anacrônicas, mas ainda eivadas do mesmo automatismo irritante, e em seguida se põe a conversar com Júlia, a dizer que sempre a vira no banco do passageiro do Uno, mesmo quando saíam os três, ele, a sogra e a namorada, e que por isso, quando recebera a foto do carro no celular, tinha temido primeiro por ela, Júlia, que em resposta a essa observação se limita a um "sim" ou a um "pois é" que em si nada significam, estando entre aquelas expressões que valem mais pelo que ocultam, e o que aquela oculta não escapa ao namorado, que já não é o mesmo quando voltam, de ônibus, para casa.

A partir daquele dia, ele olhará para ela sempre que alguém trouxer o assunto do acidente à baila, mesmo sabendo que Júlia evitará comentários sobre o ponto que não lhe sai da cabeça, não sai da cabeça de ambos, o caráter excepcional daquela concessão, Júlia, que sempre ia na frente, por alguma razão trocando de lugar com sua mãe, outra dessas atitudes tão comuns do cotidiano mas que, se precedem uma morte, são ressignificadas, e o que têm de fortuito se torna elemento-chave para a construção do cenário trágico, a mesma mudança de perspectiva sutil na forma e drástica no significado que se opera pela transição de uma vogal nas palavras casual e causal, ele efetua a correção para o cenário corriqueiro em algumas noites, antes de dormir, troca mãe e namorada de lugar no carro, tenta comparar o que sente com o que então sentiria, mas a justaposição resulta desnivelada, ele se dá conta todas as vezes de que não consegue confrontar uma dor que experimenta com a projeção de outra que nunca se concretizou, e essa impossibilidade tem o efeito colateral de fazê-lo repudiar com mais intensidade as causas da dor real, que vai se distanciando da projeção, ficando inalcançável à projeção, sobretudo no nível de inconformismo que desperta, e então a nascente volta a se resumir ao gesto de Júlia, que ele não sabe se foi de Júlia, que nunca oferecia o assento ao lado dele, ou da mãe, que nunca pedia pelo lugar — apesar de ambas as hipóteses representarem uma fuga ao usual —, sequer recorda se a postura aparentemente rude da namorada tinha nascido de uma recusa veemente da mãe da primeira vez que saíram os três no Uno, é provável que sim, mas gostaria de poder confirmar, chegar ao assunto de modo casual, embora saiba que isto é agora impossível, que qualquer sondagem relacionada ao momento em que as duas entraram no carro ou ao pacto que se estabeleceu no passado quanto aos lugares que ocupariam soará como uma acusação implícita, a ponta de uma investigação pessoal cujo objetivo é condená-la pelo ocorrido, ou ao menos fazê-la admitir que sua pequena distorção do roteiro cotidiano (considerando-se que tenha mesmo partido dela) teve influência nos resultados produzidos pela catástrofe, ainda que, sem a distorção, a única a perder fosse ela, Júlia, que também precisa se impor restrições quando o assunto vem à tona, sobretudo entre amigos e conhecidos, é imperativo não demonstrar, com olhares ou acenos ou murmúrios, que teve sorte e que se sente grata, porque sua sorte e sua gratidão foram forjadas às custas do pior infortúnio dele, de modo que não pode exaltá-las, celebrar o fato de que segue respirando sem confranger um pouco mais e de maneira talvez definitiva o outro sobrevivente daquela tragédia, e ele, por sua vez, não sabe dizer se anseia ou teme o momento em que o deslize acontecerá, em que Júlia, distraída — e como se o fato fosse de natural constatação, uma dessas platitudes que corroboramos até por instinto —, aludirá à sutil alteração que a tinha salvado naquela manhã, mas o instante nunca chega, e ele por fim começa, de maneira talvez um tanto absurda ou cretina, começa a querer que Júlia fale de uma vez, porque sente que ignorar por tanto tempo e de maneira tão óbvia determinada ideia é a forma mais eficiente de evidenciá-la, de modo que ela já não consegue conversar a sós com os amigos, nas reuniões e comemorações da faculdade, o namorado sempre por perto, e logo se aventa uma crise motivada por ciúmes no relacionamento, ele não se importa, se entrega àquela intimidação subliminar como à causa de sua vida, antes que não haja mais oportunidades de fazê-lo, porque a curiosidade dos outros pelo caso esmorece, e que tenha de conviver em definitivo com alguém que talvez se compraza intimamente de haver sobrevivido à mãe dele por conta de uma troca trivial no instante mesmo em que ocorria, mas que, observada em retrospecto, ganhava ares de uma intencionalidade ao mesmo tempo absurda e terrível, e Júlia, por sua vez, percebe a alteração na dinâmica das coisas, entende que o namorado espera um posicionamento que, para a manutenção da própria dignidade, ela nunca vai poder dar, mas também se ressente por perceber que o tempo desde o ocorrido não tem efeito no sentido de fazer com que o outro, ainda que ocasionalmente, ressurja do luto para sua contrapartida óbvia, o fato de que ainda a tem, de que, se a intensidade do choque fosse um pouco maior, também a teria perdido, no banco de trás, há algo insustentável que paira no apartamento, quase distinguindo-o dos demais para quem observa da rua em frente ao prédio, o confronto entre a impossibilidade da comunicação e a necessidade de seu estabelecimento os afasta como componentes de um arquipélago, até Júlia ir embora aos poucos, um livro após o outro na mochila, mudas de roupa limpa, um comprovante de saque de metade do que tinham na poupança sobre a mesa, tudo feito sem alarde, uma exumação distanciada, profissional, o último pertence cruza a porta, do quarto ele ouve a batida, a batida, a maldita batida.

Pela primeira vez, as visitas de André, irmão do escritor, ao apartamento deste e de Daniela comportavam algum nível de desconforto. Com o anojo pelo aborto ainda nos estágios finais, a presença do sobrinho em casa era uma espécie de cartão-postal personificado de uma realidade que por duas vezes lhes fora negada. Ainda queriam conversar sobre tudo, ainda queriam prosseguir no exercício ineficaz de tentar atenuar a dor pelo compartilhamento, e o sobrinho tinha, naquele contexto, a vivacidade cruel de um sátiro.

Aos poucos, o silêncio foi perdendo espaço, ou deixando de ser algo além de simples ausência de som. Seguindo recomendações de amigos, o escritor e a mulher viajaram, reformaram o apartamento, adotaram um cão de rua, todo o roteiro de convalescença tantas vezes testado e aprovado pelo senso comum. As vitórias nos concursos prosseguiram, infalíveis, bem como os saraus, agora mensais. A rotina ia se encarregando de levar a existência de volta à condição de simples repositório de amenidades, o que era, afirmou o escritor, numa das poucas manifestações de otimismo em todo o seu relato, o que era uma das coisas mais geniais sobre a vida e o tempo, o modo como, a longo prazo, nos habituamos a tudo, mesmo que eventualmente nos voltemos para um fato que nos tenha infligido profundo desgosto no passado, a morte de um amigo, um relacionamento que acabou não vingando apesar de lhe termos dedicado até a última fibra de nossa boa vontade, e então declaremos que tudo teria sido melhor sem aquela frustração, sem aquela tragédia, se tivéssemos investido nossas expectativas em outra pessoa ou na manutenção de nossa própria solteirice, a verdade é que tais acontecimentos, hoje, não desfrutam de maior impacto em nosso cotidiano do que a memória de uma queda de bicicleta aos 8 anos de idade, ou do dia em que descobrimos que não gostávamos de jiló, acostuma-se ao mais desolador dos cenários tão completamente que, à menção da possibilidade de o infortúnio que nos devastou ser revertido (se revelam, por exemplo, a uma jovem mãe que não foi seu filho que morreu na maternidade, anos atrás, mas o de outra pessoa, que por engano criou e ama a criança engendrada no útero dela), nosso primeiro instinto é duvidar, é repelir de pronto a hipótese, não pelo exercício automático do ceticismo, mas porque a cicatriz oriunda da superação dessa angústia remota, à qual tínhamos certeza que não íamos sobreviver, já se imiscuiu de tal modo em nossa epiderme que simplesmente não consideramos nos olhar no espelho e não vê-la mais, porque também o processo que a fez cicatriz é hoje parte indistinguível de quem somos, e o que agora aflige e amedronta é a possibilidade de renunciarmos ao panorama atual, a essa tranquilidade amena para cujo estabelecimento pareceram concorrer, de maneira decisiva, o passado em geral e aquela tristeza em particular.

Como nas informações finais de um filme biográfico, que se dedicam aos números do sucesso alcançado pelo protagonista após as agruras recriadas na tela, o escritor passou a quantificar suas publicações desde o período mencionado. Nove romances, catorze coletâneas de contos e não fazia ideia de quantas coletâneas de poemas. Prêmios nacionais, internacionais, homenagens, congressos, títulos *honoris causa*, traduções em 37 países. Se existia um lado bom em uma experiência assim traumática, disse, era o de colocar todo o resto em perspectiva. Já havia se habituado a receber os créditos por qualquer coisa que saísse do criado-mudo, era o maior especialista mundial na obra do matemático, e não sentia mais o menor resquício de pudor em participar de eventos, dar palestras ou ser entrevistado sobre esse trabalho, que talvez já tomasse por seu, sob lógica similar à do usucapião, a cuja imoralidade implícita ele tanto se opusera nos tempos do curso de Direito.

Considerando-se, assim, a fase por que passava, o que ocorreu em seguida serviu para conferir relevo a uma conjectura algo supersticiosa que o escritor começou a desenvolver, e segundo a qual, sempre que sua postura em relação à apropriação das obras ("em relação ao 'presente' que era o criado-mudo, enfim") descambava para o desdém, algo acontecia para desequilibrá-lo no pedestal, "como quando", disse, "Moisés desagrada seu deus no deserto e é impedido para sempre de pisar na Terra Prometida". Era possível que, dados o tipo de punição e a imaterialidade de quem punia, o que aconteceu em seguida constituísse de fato uma paródia do mito bíblico.

Havia pouco menos de um ano, o escritor participava de um evento nacional no Rio de Janeiro sobre os já insuportáveis "rumos da literatura no país" e "estratégias para conquistar jovens leitores". Daniela tinha ficado em Minas, onde, certa tarde, recebeu uma visita bastante incomum, sobre a qual falou com o escritor assim que ele chegou de viagem, três dias depois, enquanto o ajudava a levar as malas do corredor para a sala. E o tom de anedota não deixava dúvidas quanto ao modo como ela esperava que o companheiro também fosse reagir à história.

Para começar, o desconhecido vestia-se de maneira demasiado formal, terno, gravata marrom, sapatos lustrados, nada que combinasse com os baixíssimos índices de umidade do ar amarense no período de estiagem. Por um momento absurdo, Daniela temeu se tratar de uma dessas subautoridades de província que, nos filmes, sempre ficam encarregadas de comunicar às esposas a morte do cônjuge que deveria estar viajando ou na guerra — ou, no caso do escritor, fazendo as duas coisas. Parecia também um anunciante de serviços funerários que achasse importante, como estratégia persuasiva, mostrar ao possível freguês como pretendiam vesti-lo no caixão. Quando confirmou que aquele era o apartamento em que o escritor morava, o sujeito esclareceu que trabalhava numa editora qualquer, e que viera até ali para falar com ele. Informado da ausência, entregou um envelope para Daniela (que teve de se conter para não abri-lo enquanto o homem ainda se despedia) e prometeu entrar em contato em breve. Havia duas páginas dobradas com uma proposta, dentro do envelope. Nelas, registrado com pompas extremamente artificiais, do tipo que costuma contaminar a prosa dos convites de casamento, expunha-se o interesse por parte da editora em produzir a biografia *post mortem* do escritor.

— Como, *post mortem*? — disse o crítico.

— Foi o que eu disse à Daniela. "Agora eles nem esperam mais a gente morrer?" Ela comentou que teve a mesma reação, e explicou que a carta chegava até a especificar os aspectos da obra, que teria abordagem ampla e, se não fosse um problema para mim, "liberdade expositiva".

O escritor interrompeu o que dizia para tomar outro gole de uísque, e o contato do vidro com os óculos ecoou de maneira triste no silêncio do bar abandonado.

— Seu artigo não previu essa modalidade de biografia, hein? Bom, estava claro que minha internação por suspeita de pneumonia, uns meses antes, tinha andado atiçando uns urubus. Mesmo assim, Daniela insistiu que eu lesse a proposta, que pedi para ela pegar enquanto eu tomava um banho, estava exausto da viagem e de carregar a mala cheia de livros do táxi até o elevador.

"Quando saí do chuveiro, soube pelo barulho que ela estava conversando com a vizinha da frente, na porta. Fui só de toalha para o meu escritório e, mais por hábito do que por qualquer outra coisa, abri a gaveta de baixo do criado-mudo. Então percebi que a resma de folhas que eu sempre deixava lá dentro estava toda impressa. Fiquei meio puto pelo desperdício de papel, e abri a gaveta de cima para ver qual edital esquecido ali exigira tanta página; não tinha nada lá. Distraído, sentei na borda da cadeira giratória, peguei aquele monte de folhas soltas e abri, aleatoriamente, lá pela página quatrocentos e pouco. Falava-se da morte de alguém. Exéquias de tom laudatório, nada muito interessante.

"Até que... bem, até que meus olhos recaíram num fragmento de frase... olha só, nunca tinha parado pra pensar que nem uma frase completa aquilo era... na página 443... um trecho que eu li por acidente... por distração... porque não achei que fosse ver o que vi, enfim, quem é que vai imaginar... então me dei conta do que significava, e foi uma sorte já estar sentado... sabe, as pessoas presumem que por ter passado dos 50 você desenvolve uma resistência maior a esse tipo de notícia, um senso de conformidade com 'a ordem natural' ou qualquer merda do tipo... mas não é assim, não passa nem perto disso. Ali, sentado só de toalha na ponta da cadeira, o que eu senti... o que senti foi que perdia ou que me roubavam alguma coisa, uma parte da engrenagem que faz com que seja possível continuar aqui, disponível para a realidade, para o acaso, atuando a cada minuto de um dia completo, de uma vida completa; uma coisa sem a qual o jogo ou a peça não funciona mais, para pessoa nenhuma, em nenhuma época; senti que era um roubo que não tinha como reverter; e que, de certa forma, veja você, era o da minha eternidade. A Daniela vinha entrando no escritório com a carta do biógrafo na mão, nesse momento, e eu não precisei perguntar para saber onde ela a tinha guardado, enquanto eu estava fora.

— Que frase da biografia você leu? — perguntou o crítico, que de algum modo retivera, a despeito de todo o seu ceticismo inicial, a gravidade do que estava se materializando na história que ouvia. — Você... Você soube a data da sua morte?

— Não. Não. Isso talvez tivesse sido insuportável. Mas eu soube de um evento que sobreviria a ela: o fragmento mencionava o início do comentário de uma mulher, uma especialista em literatura, sobre a minha obra, a obra do matemático, enfim; um comentário formulado por ocasião do aniversário de cinco anos do meu falecimento... Ainda é estranho para mim usar esse pronome nessa frase... Uma espécie de instinto me impediu de ler o resto, não sei... Instinto, aliás, nascido ali mesmo, já que nunca houve contexto pra ele se manifestar, em nenhum antepassado, eu acho... O pior foi ter que lidar com a Daniela, em seguida, fingir que estava prestando atenção na leitura da carta, me divertindo com a leitura da carta, que não queria esfregar na cara dela que ela tinha me condenado da forma mais horripilante ao resolver entrar no meu escritório quando eu não estava. Sem falar, é claro, na vontade que tive de esfaquear cada funcionário daquela editora desgraçada, na qual eu fui pessoalmente, uns dias depois, mandar todo o conselho editorial enfiar a proposta de biografia *post mortem* no cu.

"Quinhentas e dezenove páginas. É o que tinha dado, de acordo com o criado-mudo, a extensão da minha vida destrinchada, embora eu não soubesse, e muito menos me atrevesse a verificar, se ele teve de encurtar o relato por causa do número de folhas disponíveis, ou se aquilo era o suficiente pra registrar com folga o que de mais importante eu protagonizei, entre o que já tinha acontecido e o que ainda ia acontecer. Biografia era um gênero que eu nunca chegara nem perto de testar nos meus experimentos, porque afinal não se trata de ficção. Mas a descoberta, agora, também me fez atentar pra uma coisa que meio que reduzia, em termos de criatividade, o crédito do matemático, ou do eco existencial dele que ficou retido naquele móvel; uma coisa que também resolvia em parte a minha dúvida sobre como a dificuldade com a 'expressão das ideias sublimes' tinha sido solucionada por ocasião da morte, porque talvez ela não tivesse sido solucionada, no fim das contas: talvez a mudança de panorama ocorresse apenas no sentido de que, tendo atingido a morte, o evento cujos efeitos põem aquele que morre numa condição cuja durabilidade é eterna, e na qual alguma forma de consciência quem sabe perdure — era possível, enfim, que, tendo atingido a morte, essa semiconsciência do matemático tivesse adentrado um plano que, por seu caráter infinito, eventualmente lhe dava acesso a todas as combinações possíveis de ideias e de expressões, a uma equivalente etérea do Babel-1. Borges observou uma vez que, quando se postula um prazo infinito, com infindáveis circunstâncias e alterações, é impossível que não se atine ocasionalmente com cada uma das ideias que já cruzaram as mentes dos grandes gênios, futuros e pretéritos, além de com todas as outras, as originais, as medíocres, as que geram indiferença... A vida, por curta demais, inviabiliza essa hipótese. Mas a morte a possibilita. Depois que pensei nisso, o próprio universo criado para o primeiro conto pareceu uma grande metáfora de como as coisas funcionavam... Talvez eu estivesse lidando com achados literários o tempo todo."

— Mas como isso se aplicaria à produção de biografias que fossem confiáveis? — disse o crítico, incerto sobre se tinha compreendido todas as etapas do raciocínio, ou já as considerando forçadas inclusive no nível metafísico.

— Que fossem completamente confiáveis, você quer dizer. Porque a parte que se refere ao passado é uma questão de simples verificação com o próprio biografado. Quanto ao nível de confiabilidade do que ainda ia acontecer, bom, tive muito tempo, e principalmente motivação, para pensar em tudo isso. Em primeiro lugar, era preciso, agora, considerar que em todas as produções anteriores do criado-mudo sempre tinha havido certa medida de antecipação acertada de pelo menos um evento futuro: a primeira colocação nos certames literários para os quais essas produções eram posteriormente enviadas. Por melhor que seja o seu senso crítico, não dá pra atingir a excelência tantas vezes consecutivas, num cenário de competição, de modo que eu precisava levar em conta a possibilidade de o pós-vida ter conferido ao matemático certa "perspectiva de eternidade". Isto me pareceu menos difícil de engolir quando comecei a pensar na morte como uma mudança de plano que colocava defunto e sobreviventes em condições análogas às de leitor e personagens, respectivamente. Aos personagens, habitantes do universo bidimensional do papel, não é dado saber mais do que lhes é informado no ponto da história que configura o seu "presente". Ao leitor, que integra o universo multidimensional que contém o universo bidimensional do livro, no entanto, nada mais fácil do que adiantar páginas, saber em que momento determinado personagem deixa de existir, no plano ficcional.

"Por outro lado, se eu me forçasse a ir na contramão desse papo metafísico, ignorasse todas as evidências e assumisse que o futuro não podia ser descrito, já que não passava, também, de uma tela em branco, ainda teria de lidar com o demônio da verossimilhança. Porque, se todos os eventos da minha vida até o presente... eu, com 51 anos... se tudo o que vivi até aqui estivesse descrito com fidelidade naquele volume, incluídos aí os fatos de que só eu fui testemunha, acreditar que o restante é pura especulação seria no mínimo burrice, racionalismo cego.

"Alheio a todas essas minhas especulações, o texto continuava lá, o peso e a textura de um caixão, quem sabe dando conta de tudo, de sonhos e frustrações, de virtudes e mesquinharias, infância e velhice, berço e túmulo. É provável que contivesse até mesmo a descrição metalinguística da farsa do criado-mudo, como aquela noite no meio das mil e uma em que a Sherazade perde a inspiração e passa a narrar a história de uma princesa que precisa entreter um rei com fragmentos de histórias... Quando Daniela quis saber o que eram aquelas folhas, falei de um romance que um colega do Rio tinha pedido para eu avaliar. Depois que tornei a guardá-las na gaveta, não consegui mais abri-la. Sequer chegar perto dela, perto do texto. Tinha medo de que, mesmo nas primeiras páginas, uma dessas alusões antecipatórias à data precisa da morte do biografado aparecesse, e, a partir daí, eu fosse consumido pela loucura. A mera presença do livro na casa me arrepiava, como o som abafado, constante, de alguém passando por cima do meu túmulo. O fato de ser uma obra finita, com um número limitado de páginas, quando sempre desejamos que para contar a nossa história vá ser preciso todas as folhas do mundo, uma obra circular, esférica, cujos início e final possam estar em qualquer parte e em parte alguma, esses subterfúgios com que se procura não pensar na própria finitude, enfim, o fato de a obra possuir um final, e de eu ser capaz de constatá-lo apenas por vê-la, apenas por tocar nela e saber do que se tratava, era o que mais me fazia não querer dormir, nunca mais dormir... Às vezes, quando íamos pro quarto, eu tinha a impressão de que uma pessoa permanecia no escritório, a aparência esfumaçada, e que essa entidade só ficava lá, em pé, imóvel, esperando por alguma coisa cuja possibilidade de não acontecer não a perturbava. Por duas ou três vezes, sonhei que cedia a seu magnetismo, a sua prontidão, e caminhava até o escritório, ouvindo os latidos de desespero do nosso cachorro, como se ele quisesse me impedir de entrar, mas não tivesse coragem de se aproximar da coisa que estava comigo, e então eu percebia que já não havia ali um escritório, mas uma sala de necrotério, na qual alguém me conduzia... e eu não conseguia ver os traços dessa pessoa, que meio que existia em todos os pontos para onde eu não podia direcionar nenhum dos meus sentidos... seguíamos os dois até a sequência de gavetas, e eu sabia qual escolher porque era a única com a argola pequena, desproporcional, idêntica à do criado-mudo, e quando juntava coragem para puxar, uma vez via meu pai, vivo, encolhido, me dizendo que eu sempre ia ser um parasita; outra vez via Daniela, nua, comendo as placentas dos nossos filhos que não sobreviveram..."

O crítico sentiu o assombro que se desprendia daquele pesadelo ondear em sua espinha. Depois de entornar o copo com o que restara da bebida como um antídoto para a sobrenaturalidade, quis saber o que tinha impedido o escritor de queimar as folhas de uma vez.

— Você já leu um romance chamado *Verão*, do J. M. Coetzee? — ele perguntou. O crítico negou com a cabeça. Apesar de nobelizado, Coetzee era um de seus débitos propositais (fundados numa ignorância de que não sentia tanta vergonha) com a literatura contemporânea — um débito cuja aclamação internacional se devia, em sua opinião, a um hábito pernicioso da nova crítica, que era o de privilegiar questões éticas relativas à subjetividade da experiência do autor em detrimento do domínio da técnica literária mais canônica, por assim dizer.

— Basicamente — disse o escritor —, ele relata a trajetória de um estudioso que tenta reconstruir a biografia de um autor chamado John Coetzee, já falecido na trama. Esse sujeito recorre a uma série de fontes relacionadas ao escritor morto, cadernos de anotações, entrevistas com amigos, com ex-namoradas, enfim. Só que o panorama que o material coletado vai compondo é bem patético, e acaba revelando um Coetzee medíocre quase a ponto de soar, ainda que meio involuntariamente, como marketing invertido para o autor real, no que acredito ter sido a única falha da obra, mas uma falha tornada maior por extrapolar os limites da ficção. Depois de ler esse livro... mas na verdade bem antes, desde Huckleberry Finn... fui ficando fascinado pela ideia de deslocamento no tempo até o momento em que não participamos mais do mundo, essa coisa de investigar distanciadamente o impacto da própria morte, da própria vida, na de quem fica. Isso passou a me interessar como projeto literário, e, talvez porque tivesse sido fácil identificar o equívoco mais evidente de Coetzee, que, para mim, residia na intensidade da autocrítica, comecei a ensaiar algumas narrativas que partissem da minha morte ou que a ela remetessem. Por motivos óbvios, resolvi deixar o criado-mudo fora disso. Meses depois, como se aquilo representasse uma vingança do matemático por ter sido rejeitado nos bastidores de algo tão literariamente desafiador, me aparece esse arquétipo impresso da ideia com a qual eu vinha flertando.

"É claro que, pelo menos neste sentido, a exatidão multiplicou o fascínio. De repente, me vi imaginando que julgamento moral havia de mim ali dentro, que memórias perdidas não poderia recuperar, se o lesse, quais erros não poderia, talvez, evitar, se tivesse coragem. Mas então outra consequência veio à tona, e a curiosidade passou a não ser suficiente para sustentar a tolerância àquele livro. Foi uma fase, aliás, muito parecida com a descrita em uma passagem no final de 'A página em branco', quando a população mundial vai sendo anestesiada pela certeza de que todos os seus atos já estão prefigurados no catálogo do Babel-1. Passar manteiga na torrada, recolher uma barata morta do chão da cozinha, pendurar a rede na varanda, beijar o pescoço da Daniela, ler um autor pela primeira vez — eu sentia como se tudo o que fizesse fosse uma adequação inconsciente de mim mesmo a um roteiro cujas etapas seguintes já estavam todas definidas, registradas e guardadas em determinado cômodo da minha casa, e que havia tantas possibilidades de escapar a isso quantas as de conseguir enganar a própria sombra. Com aquele livro no escritório, a minha rotina era uma tautologia ininterrupta, e essa constatação foi decisiva para que eu finalmente o queimasse, com a sensação esquisita de que assistia à minha própria cremação. Não, nem o Coetzee, nem o Mark Twain descreveram a coisa direito...

"Restava ainda, claro, o comentário lido por acidente, invulnerável a qualquer queima de arquivo. Eu conhecia a especialista. Nos poucos textos dela a que havia tido acesso, a maioria enviados por colegas, percebi que era de fato uma simpatizante da minha obra, por assim dizer. Talvez não uma entusiasta, mas uma simpatizante, era certo. Se se tratasse de uma jovem, com seus 25, 30 anos, eu provavelmente teria me resignado à ideia de que era aceitável ela estar na minha postumária; nesse caso, aquiescer à tal ordem natural não seria um problema. Mas a mulher já tinha dobrado a curva dos 50, e, de acordo com minhas primeiras pesquisas, não parecia ter uma vida lá muito regrada.

"Pouco a pouco, a coisa foi começando a me assustar num nível patológico, de eu achar que cada manhã em que abria os olhos era um tipo de prorrogação numa contagem cujo barulho era ainda mais enlouquecedor por ser inaudível. Me dei conta de que, se alguém com um estilo de vida como o dela... que nem era preciso conhecer exatamente, bastava deduzir pela profundidade de olheiras e de rugas... se alguém com aquele estilo de vida sobreviveria pelo menos cinco anos a mim, talvez de fato não me sobrasse muito tempo. E a única certeza, afinal, ainda era esta: aquela mulher sobreviveria a mim. Porque a minha morte, de algum modo, a motivaria a dizer algo lisonjeiro — e era curioso pensar que, se fosse algo difamatório, não faria a menor diferença.

"A pedido do meu irmão, o Miguel, meu sobrinho, precisou dormir lá em casa por essa época. Uma tarde, enquanto conversava comigo, ele deve ter notado que eu estava distante, e deduziu que era por causa de algum livro novo, como já devia ter acontecido outras vezes. Depois de me submeter a um interrogatório sobre como funcionava o trabalho com a escrita, ele perguntou do meu último livro, queria saber se a gente não tinha um exemplar em casa pra dar pra ele. Eu ainda não havia passado na editora pra pegar os que já tinha encomendado, sempre traziam alguém novo nos saraus, mas prometi fazer isso no dia seguinte, apesar de saber que ele largaria a leitura na segunda página, como já tinha feito antes, o matemático nunca produziu nada palatável àquela faixa etária. Miguel ficou meio decepcionado e me pediu pra falar um pouco sobre a história, mas, assim que comecei, ele me repreendeu, disse que não queria ouvir 'spoiler'. Eu não conhecia a palavra. Ele me explicou, do jeito dele, que se tratava de uma revelação sobre a trama de algo que ainda não lemos, a antecipação dos eventos de uma obra de ficção que estraga a surpresa. O que a nova geração chamava de 'spoiler' eu estava barrocamente chamando de 'vislumbre da postumária'.

"Mas spoiler, você vê, era a palavra certa, porque envolvia o universo da ficção. E que rótulo melhor para se pôr numa vida cuja maior realização é uma farsa que deu certo? O criado-mudo, afinal, nunca tinha trocado de gênero... Comecei a pensar que talvez merecesse aquela antecipação. Talvez merecesse atrelar a expectativa pelo resto dos meus dias à sobrevida de um desconhecido, da mesma forma que o matemático havia atrelado sua 'sobremorte' à cobiça de outro. Não vou dizer que me resignei, depois disso. Mas fiz o que pude para me sentir mais indiferente, menos abalado em cada gesto cotidiano, o que na prática não significou muita coisa, o desespero ainda estava ali, nublando os cantos da minha visão como um glaucoma, e afinal só durou até Daniela engravidar outra vez.

"No princípio, tentamos manter a empolgação sob controle. Nem tinha como ser de outro jeito, pra falar a verdade. Mas o que eu não deixei ela notar foi que, da minha parte, não havia empolgação alguma para controlar, que eu só fiz o possível para repetir o que vi na expressão dela. Qualquer felicidade que eu pudesse sentir estava encerrada agora numa espécie de quarentena, e talvez com Daniela acontecesse a mesma coisa, mas a simulação de alegria novamente se mostrava essencial a algum protocolo invisível que nos dispúnhamos a cumprir a despeito de nossa própria experiência. Mesmo com essa suspensão das coisas, negar a gigantesca alteração de cenário que o fato representava não era possível, para mim. Comecei a pensar mais seriamente nas minhas possibilidades. O terrível, àquela altura, era não poder dividir nada do que estava acontecendo com qualquer pessoa, sob risco de internação psiquiátrica. Daniela me via taciturno, murmurando comigo mesmo pelos cantos, e então vinha me abraçar em silêncio, achando que tinha a ver com uma antecipação da dor experimentada nas gestações anteriores. Pelo menos eu tinha esse álibi.

"Quando a gravidez ultrapassou o mês crítico sem que nada ocorresse, minha inquietação ganhou proporções de histeria. Eu tinha medo até mesmo de fazer a barba, achando que um espasmo pudesse me rasgar a jugular. Para além do esperado exercício da paternidade, eu sentia que um filho com Daniela significaria agora muito mais do que em qualquer outra época... que ele representaria, de alguma forma, meu único êxito numa vida em que havia exercido, desde o princípio... e já passava da hora de admitir... em que havia exercido, desde o começo, um papel de parasita. Vivi à custa dos meus pais e da minha namorada nos primeiros anos da vida adulta, e da consciência retida de um completo estranho no resto dela. Nunca pude ditar os rumos da minha própria trajetória, nunca pude contar com aquele alívio subjacente de pensar que poderia desistir de tudo, se quisesse, pausar indefinidamente o que estivesse fazendo, me desprender, reiniciar toda a construção tendo ao menos um terreno de onde partir. Aquela criança, de algum modo, me justificaria como ser humano, como indivíduo dotado de algum poder criador, ainda que no nível mais elementar — e que, até ali, por duas vezes também me tinha sido negado. Por outro lado, sentia vergonha dessa associação implícita entre obra e descendência, saber que o que ampliava meu medo da morte era algo similar à angústia do artista que teme não poder contemplar o efeito que causará nos outros o produto de um trabalho seu, algo que, embora já esteja pronto, e represente sua melhor obra, por forças além de qualquer controle ele não poderá ver publicado. Mas será que era mesmo apenas isso? Como ter certeza de que essa expectativa pela vinda de um filho não se relacionava também ao processo iniciado após o parto, à possibilidade de passar a limpo o manuscrito das primeiras fases de minha vida, criar outro ser humano sem as deficiências afetivas e restrições de comunicação que me foram impostas, sem toda aquela baboseira nociva do caráter como recompensa por experiências ruins que se tem de enfrentar sozinho?

"Não importava o quão abstratas ou tergiversatórias fossem as questões sobre as quais eu me debruçava, sempre ocorria de elas desaguarem no mesmo pragmatismo de jogo de xadrez, na mesma convicção inicial de que, se eu quisesse quebrar a matemática do criado-mudo, se quisesse ir além de qualquer lógica fatalista, talvez fosse preciso estar na postumária da mulher que a biografia assegurou que estaria na minha. Sobreviver à especialista cujo comentário ainda não elaborado eu tinha lido.

"Foi nesse momento que tive a ideia que talvez tenha colocado a perder qualquer possibilidade mais imoral, e quem sabe também mais eficiente, de resolução daquele problema. Não sei... Vai ver tanto tempo lidando com a simbiose entre literatura e matemática, e ainda extraindo o sustento disso, tivesse me anestesiado para uma das mais estranhas atribuições da linguagem, da literatura de modo geral, que é a de tornar tangível o que não existe, situações e percursos e seres trazidos à tona a partir de virtualidades, de estruturas linguísticas randômicas que os perfazem como um código genético, seres que até o instante da leitura não tinham lugar na realidade de nossas preocupações cotidianas, materializados de tal modo que nos seja possível atribuir-lhes uma história pregressa, completar as lacunas do que não nos foi contado, por vezes entender suas decisões mais terríveis, ou ao menos enxertá-las num contexto ético maior em que façam sentido... Meu equívoco, enfim, começou quando voltei a pensar na capacidade que tinha o criado-mudo de produzir biografias. Esse novo cenário me induziu a uma ideia até engenhosa, ou assim me pareceu naquele momento: criar a requisição para a biografia não autorizada daquela especialista, com uma alínea especificando a obediência a algumas particularidades estruturais. Cada ano da vida dela, por exemplo, deveria ser resumido em cinco páginas; a biografia teria de se encerrar no mês anterior e sob hipótese alguma poderia haver alusões a acontecimentos posteriores ao que estivesse sendo narrado em cada passagem. Com isso, me prevenia em relação ao tempo que me sobrava, porque 250 páginas não comprometem muita coisa, e não corria o risco de saber mais do que queria. Foi só depois de ler o resultado dessa solicitação que percebi que o que eu queria, que era conhecer mais e sem filtros sobre aquela mulher, de onde vinha, como tinha chegado à literatura e à minha obra, ia totalmente na contramão do que eu achei que precisava fazer."

— Que era matá-la — concluiu o crítico, percebendo que o outro homem se recusava a dizê-lo, e ainda sob o impacto da sugestão de que toda a conversa assumiria os contornos de uma bizarra confissão de assassinato. — Quem era essa mulher?

O escritor ergueu o copo, e por um instante um raio débil do sol que ia nascendo lá fora atingiu o vidro, produzindo uma deformação luminosa na maçã esquerda do rosto por trás dele, mal discernível sobre a barba cuja fartura o crítico imaginava se ainda tinha a ver com o medo que sentia o outro de degolar-se por acidente. O pio sonolento de uma suindara se arrastou para dentro do bar, vindo do campanário da igreja ao sul do palacete.

— Você lembra qual conto do Borges eu te pedi pra decorar o título, mais cedo?

— O quê? Ah, sim... era o "A forma da espada"?

— Consegue me resumir em duas linhas, mais ou menos, qual era a grande sacada dele?

— Não estou entendendo...

— Consegue?

— Ahn... deixa eu ver... é uma conversa... o protagonista assume a autoria de atos heroicos enquanto narra a história de uma traição cometida por outra pessoa... mas, no fim, ele esclarece que tinha assumido a persona do herói para que o interlocutor não se enojasse dele ainda no começo do relato, já que, na verdade, ele era o sujeito que tinha cometido a traição.

— Foi bem mais de uma linha. E isso é o mote. Qual a sacada?

— Bom, se eu soubesse que, além de tudo, ia ter uma entrevista de emprego... A sacada... A mudança de perspectiva, talvez?

— Acho que posso concordar com isso. Na sua opinião, é um artifício gratuito?

— Não, nem um pouco.

— Por quê?

O crítico suspirou.

— Porque tem funcionalidade narrativa. Ele precisava que a outra pessoa ouvisse a história até o fim. É lógico.

— Isso... isso meio que responde a sua pergunta sobre quem era a mulher.

— O q...

Mas ele tinha acabado de entender.

—Sentaí.

— Sai de perto de mim!

— Solta essa garrafa, olha o que você tá fazendo!

— Que porra que tinha nesse uísque?! Eu estou avisando, se acontecer alguma coisa quando eu sair deste hotel...

— Acredite, se eu quisesse isso, não estaríamos tendo essa conversa... E eu também bebi o uísque, esqueceu? Pode deixar, Hugo, o homem só está um pouco alto... Aliás, vê outro Johnnie pra gente?

— Que porra que você tem na cabeça?! Criar uma merda esquizofrênica dessas pra se promover, por culpa ou sei lá por quê... mas envolver outras pessoas nisso...?!

— Eu não pretendia que acreditasse em mim de graça, e, se resolver se sentar, essa é a parte em que te dou as provas. E, vamos ser honestos, que escolha você tem, sabendo o que eu sei?

O crítico olhou em volta, como a se certificar de que havia testemunhas para o que quer que fosse acontecer a partir dali.

As costas do barman se afastando para trás do balcão, no entanto, pareceram recebê-lo com o mesmo distanciamento moral de um escrivão. A ameaça do escritor teve menos impacto e sutileza que da primeira vez, mas também foi eficiente. Devagar, o crítico apanhou a cadeira derrubada quando tinha se levantado num susto. Em seguida, como se agora fosse imperativo manter uma barreira protetora entre ele e o outro homem, sentou-se nela a cavalo, o peito arfante apoiado no espaldar feito de um material trançado artesanalmente. Pela primeira vez, sentia as axilas da camisa social empapadas de suor, a pele grudenta sob o tecido, a materialidade ameaçada do próprio corpo, mas também uma espécie estranha de liberdade, suscitada talvez pelo fato de que, ao finalmente acontecer, a mudança de status da conversa o desobrigava de equilibrar-se entre motivações subentendidas e idealizadas, a liberdade do piloto que perde o último contato com a torre de controle e pode por fim arriscar as manobras que uma situação de emergência exige. Ainda assim, não havia em seu caso uma noção clara de que manobras seria melhor arriscar — não até ter certeza da extensão e da profundidade das informações que o escritor tinha a respeito dele, razão por que, no fim das contas, era mais prudente sentar e seguir escutando, avaliando, medindo o quanto dessas informações poderia ser dissolvido na esquizofrenia mais ampla do relato.

— Passei quase todo o dia seguinte imerso na descrição resumida dos atos da vida daquele homem — o escritor prosseguiu, depois de servi-los novamente. — E isso é só o que ele era, para mim, na época, um desconhecido, alguém tão desprovido de corporeidade quanto o personagem de um romance que não lemos, mas sobre o qual já ouvimos falar, alguém que por acaso tinha começado a gostar do que achava que eu escrevia e que talvez fosse fazer um comentário público em minha homenagem, dali a não sei quanto tempo. Sim, eu vi as surras da infância. A convivência com o pai violento. A dentadura da mãe entortando a cada nova briga. Vi também as primeiras paixões. Francielly. Amanda. A tia Cibele. Ele no pátio da escola, aos 8 anos, cantando o hino da independência errado para fazer graça. Camila, outra paixonite, rindo da variação da letra que ele tinha feito. Um caderno com o Reginaldo Faria na capa, comprado por engano pelo pai dele, que não tinha tempo de ficar reparando em capa de caderno no supermercado, e a Camila cobrindo o Reginaldo com o próprio nome, "pros outros guris verem que, enquanto eles só têm meninas nas capas, você tem uma de verdade". O ímã que ele esfregou por curiosidade no vidro da televisão, e, depois que o canto da tela ficou roxo, a culpa jogada no primo deficiente. Vi ele batendo uma no mato, próximo a um nó de árvore que se parecia com uma boceta — ou com o que, na época, ele imaginava que fosse uma. A dificuldade dele, num passeio pelo shopping no final da adolescência, em fazer a primeira namorada se sentir segura ao mesmo tempo que precisava ficar um passo atrás o tempo todo, para ela não reparar que era a primeira vez que ia ao cinema, até ele estragar tudo se abaixando durante o tiroteio do filme. As tirações de sarro pelos dentes tortos. As primeiras influências. Salinger, Lygia Fagundes Telles, Hemingway, Sabino. O fanatismo do pai. Os livros queimados. A morte do pai. O definhamento da mãe. As despesas com antidepressivos consumindo tudo o que ele ganhava trabalhando de caixa no Bentevi Atacadista. Os esquemas de caixa 2, que ele só aceitou fazer por causa dela, do desejo de pagar sessões com um psicólogo decente para a mãe, que ele achava que estava com uma coisa chamada "síndrome de Estocolmo". O esquema todo sendo descoberto. A surra que levou dos seguranças, parte do trato que teve de fazer para que não o levassem à polícia, que de qualquer forma não poderia prendê-lo, por causa da idade. A demissão por justa causa. A mãe mal notando os hematomas. Ele ficando puto, chorando, exigindo a atenção que ela insistia em manter num sujeito que a tinha espancado quase todos os dias desde que se entendia por gente, e que, para ele, já tinha ido mais do que tarde. Ela pedindo desculpas, ela o abraçando, e depois dizendo que ele precisava parar de chorar antes que o pai dele chegasse. O último ano do ensino médio. A reação ao suicídio de seu professor preferido. A desistência do curso de História na faculdade. Do curso de Publicidade. Do curso de Engenharia Elétrica. O ingresso definitivo no curso de Letras. A preferência pelos clássicos. Os primeiros anos de magistério. O desdém absoluto pela literatura experimental. A mania de tratar grandes autores pelo primeiro nome, que às vezes ele precisava controlar para não verbalizar na presença de colegas. O mestrado e o doutorado tardios. As primeiras negociações de nota com as alunas mais bonitas. A estudante de Física que ele conheceu num evento acadêmico em São Paulo. As longas discussões sobre os pontos de contato entre ciência e literatura. A conclusão de que o tempo de cada leitura correspondia à duração total de um universo, e que portanto só casais literários podiam durar para sempre. O desdém deles pelo conceito de religião, nos dois casos fundado em experiências familiares desastrosas. As viagens a Viena. A São Paulo, onde a família dela morava. Os hotéis. As sessões de leitura depois do sexo. O apartamento dividido. O estranho efeito de certo conto de um escritor amarense no estado de espírito dela. Vi a devoção à obra desse autor sendo transmitida, dela para ele, como uma herança ou como uma infecção, que talvez tivesse influenciado no adiamento da escrita de seu próprio livro, uma obra que, no entanto, a cada início de ano parece mais urgente, porque, a partir dos quarenta, ele pensa com maior seriedade na hipótese de que não lhe sobre muito tempo no mundo, além do que, a ideia da publicação e de um possível sucesso póstumos lhe soa como desperdício ou como crueldade. As aulas em universidades particulares, que lhe rendiam muito sem exigir demais em troca. A entrada da vida nos eixos contrastando com a culpa pelo abandono velado da mãe. Essa culpa motivando-o a, sem que ele mesmo tivesse plena consciência do que fazia, motivando-o a conversar com Júlia repetidas vezes antes de dormir, conversar sobre a família do avô materno que ele nunca conheceu, inculcando em Júlia a mesma revolta pela deserdação da mãe, fazendo com que Júlia quisesse procurar pelos parentes de Pernambuco em redes sociais, entrar em contato com as tias desconhecidas, contar que namorava um sobrinho delas, falar da irmã de quem elas não faziam ideia, possibilitar, enfim, a construção de um cenário favorável à reaproximação, ao drama, a uma reconciliação familiar atraente demais para que as pessoas nela envolvidas, tendo a idade que tinham, pudessem recusar. Vi a sonhada aprovação num concurso. E, então, a troca de lugares. O acidente. A mãe. O vazio. A incapacidade de lidar com as formas assumidas pelo acaso transformando-se numa obsessão que tornou a existência sob o mesmo teto insuportável. A opressiva consciência de estar pela primeira vez sozinho no mundo. A tentativa de dedicação ao trabalho. As dúvidas sobre a legitimidade da própria produção intelectual. Vi o declínio atingir o auge na virulência gratuita com um escritor de São Paulo. O achincalhe público. O exílio. O convite de uma revista. Vi uma vida que se aproximava da minha em vários aspectos, diferia dela em muitos outros, e cujo maior objetivo sempre pareceu ter sido alcançar relevância sem que, para isso, precisasse desguarnecer algum território sob sua responsabilidade moral, ou sacrificar uma parcela grande demais de sua autonomia; deixar a sombra de uma arte mais nobre, repelir toda e qualquer possibilidade de existir somente em função de outra coisa.

"Caralho", ia pensando o crítico em meio àquele conjunto de fotografias verbais, não por estar errado, coisa que no íntimo talvez já esperasse, mas pela traição do corpo, a única coisa que às vezes ainda tinha a ilusão de controlar, e que agora, enquanto a torrente de reminiscências sem coesão, mal desenvolvidas mas irrefutáveis, ia sendo derramada pelo homem à sua frente, transformava o que devia ser só uma avaliação racional do quanto cada uma daquelas informações valia como prova numa incapacidade absoluta de manter preso o nó formado no imo do coração, impedi-lo de subir, passar por todos os estados químicos, petrificando na altura da garganta, se liquefazendo entre os cílios, evaporando antes de cruzar toda a extensão das bochechas tornadas quentes por uma coisa que era tanto vergonha quanto uma variante de autopiedade, que o humilhava um pouco mais, destruindo qualquer pretensão imediata de ressurgimento do velho orgulho.

— Mas é claro que também vi — e o escritor se inclinou sobre a mesa, como a garantir que o crítico não desviaria o olhar já turvo — o que fez com aquelas meninas, com aquelas crianças, em todas as suas viagenzinhas pro interior, seu desgraçado filho da puta.

O crítico ergueu os olhos, como se o instante de sua sentença tivesse chegado num tribunal que se arrastara invisível pelos últimos vinte anos, e odiou que, por um motivo diferente, eles já estivessem úmidos, sabendo, no entanto, que tentar secá-los agora só ampliaria a aura de infantilidade em torno de sua figura, provavelmente já bastante patética. Não, não pretendia interpretar o papel de vítima dos próprios instintos, em parte por não acreditar em sua validade, mas também porque, numa situação em que se está sendo desnudado com tanta profusão de pormenores, com tão ínfima margem para a negação do mosaico resultante, o pendor à autodefesa arrefece, como se o julgamento proviesse do próprio arquétipo de Deus. Por um instante, veio-lhe à mente uma tática para induzir à confissão, criada durante o Império Romano, segundo tinha lido num romance qualquer, e que consistia em acusar o interrogado pelo cometimento de dois crimes, um dos quais inventado, e moralmente mais grave do que aquele que, supondo-se verdadeiro, esperava-se que o suspeito assumisse de modo quase instintivo. Lembrança inútil, se o que havia de mais grave em seu histórico era também o que, como todo o resto, correspondia à realidade.

O escritor fez uma pausa, como se recuperar a memória dos trechos lhe fosse demasiado custoso, e em seguida bebeu o que restava no copo de uma vez.

— A cada linha daquelas descrições, eu arquitetava uma morte diferente, mais dolorosa pra você, sabia disso? O que você fez fodia com tudo, e pagar alguém para dar cabo de você podia até vir a calhar ao meu projeto anterior, agora. Mas, como disse, havia o entorno, havia a sua vida, como também devia haver o entorno e a vida de cada uma daquelas meninas, eu ficava tentando argumentar comigo mesmo, decidir se aquele era o tipo de atrocidade que se podia rotular em parte como um mecanismo posto em movimento pelo impulso recebido de uma engrenagem antiga, um contexto de abuso moral sucessivo como o das primeiras fases da sua vida, e embora o apego ao que restava de você, quando subtraía essas partes apodrecidas, embora o apego ao que restava de você fosse grande, fosse na verdade imenso, pesava para mim a sua condição atual. Refletia que os assassinos de *A sangue frio* ainda eram pobres pés-rapados sem instrução quando fizeram aquilo, mas você... caralho, você não... você saiu daquele contexto... você era um doutor, um professor universitário, alguém que dispunha de todos os meios e bens para compreender que, por mais que se tenha tido uma existência deplorável numa etapa remota da vida, nunca, em circunstância nenhuma, será aceitável alegá-lo para legitimar atos que inflijam sofrimento tão intenso a quem quer que seja, sobretudo quando se trata de quem não tem nenhuma defesa, de alguém cujas possibilidades de uma vida satisfatória são quase sempre anuladas por esse tipo de ato, e sobre quem, afinal, você exerce poder, poder hierárquico, poder social.

"No fim das contas, eu respeitava a sua história, não subestimava o seu sofrimento, me identificava com você, com aquilo a que você aspirava, com suas frustrações, seria impossível para mim não ter desenvolvido essa empatia, o mais nocivo dos efeitos de uma obra escrita, para alguém na minha condição. Só que eu não podia perdoar aquilo, metabolizar aquilo. Não estou dizendo que a ideia de isso seguir acontecendo me perturbasse, naquele momento. O futuro, ali, não me importava tanto quanto o passado, porque ainda não podia conceber uma forma de o seu comportamento me afetar, ou a alguém próximo a mim. Eram as cenas do que já tinha acontecido que não me deixavam, a impunidade em relação às coisas descritas na biografia. Neste caso, como disse, o peso da ideia de matá-lo já era aliviado em uma infinidade de quilos. Mas, de volta ao pragmatismo do xadrez, até que ponto isso seria realmente eficaz, considerando os efeitos que teria sobre o que eu tinha lido a meu respeito no texto? Não havia uma sessão inteira na história da literatura, que inclusive estendia tentáculos até a cultura pop, não havia sessões inteiras apontando para a idiotice de se tentar escapar ao fatalismo? O Oráculo de Delfos, as Moiras, Édipo: eu não seria só outro imbecil na longa lista dos que, na tentativa de desconstruir a realidade da qual tiveram um vislumbre, na verdade contribuem de maneira decisiva para engendrá-la? Como saber se, encomendando a sua morte, eu não inspiraria alguma aluna ou fã ou ex-namorada sua a batizar o filho dela ainda não nascido com o seu nome e sobrenome, porque o que não falta neste mundo é gente assim excêntrica? Como saber se essa criança não cresceria, se sentiria curiosa pelo trabalho da pessoa que tinha inspirado seu nome, começaria a ler, se tornaria uma especialista em literatura, eventualmente uma simpatizante da minha obra, da obra do criado-mudo, e um dia faria aquele comentário? E não se trata de superstição determinista, você sabe, o caráter estático do futuro é algo com validação científica, assim como uma estrela que se observa à noite pode não existir mais, e aquilo ser só o eco luminoso que demora milênios para atravessar o universo e chegar até nossos olhos, o mesmo se dá conosco, com a nossa existência, para um observador situado a uma distância incalculavelmente grande. Tudo o que para nós é futuro para ele já faz parte de um passado remoto, e tão impossível de alterar quanto o que nós mesmos, hoje, aqui nesta mesa, consideramos passado. A mágica de Einstein estava toda a favor do matemático, quase como um posicionamento corporativista. Tentar me opor àquilo era insensato, era burrice.

"Mas havia a gravidez de Daniela, e contra aquela urgência eu não conseguia argumentar, não conseguia processar essas digressões como algo além de covardia... não sei se covardia é a palavra... E, ao pensar nisso, retornei a um elemento da minha argumentação anterior, a fã ou aluna ou ex-namorada que batiza um filho com o seu nome... Percebi que, de fato, nada na frase além disso, do nome, identificava você. Percebi que sequer havia um artigo definido determinando o gênero de quem tinha feito o comentário, o trecho já começava com o seu nome e sobrenome seguido de '...afirmou em cerimônia para lembrar os cinco anos da morte...'. Então me dei conta de uma coisa, algo que Daniela e eu estamos fazendo de maneira quase inconsciente, desde a notícia da gravidez: nos exames pré-natais, nenhum de nós manifestou interesse em saber o sexo do bebê. Acredito que tem sido uma forma instintiva de nos protegermos do apego, porque a definição de um gênero leva a pensar em nomes, e nomes, um pouco como a literatura, são abstrações com o poder de tornar tangíveis criaturas de contornos ainda indefinidos, aquelas pelas quais nossa afeição se mostra tateante. Também percebi, creio que pela primeira vez, que o seu primeiro nome é um tanto andrógino, e que não seria difícil inventar um personagem italiano de algum escritor obscuro em cujo sobrenome eu tinha me inspirado para...

"Naquele momento, pareceu a coisa mais sensata a se fazer. Em vez de lutar contra o que era provável que já estivesse determinado, e eventualmente ensejar esse acontecimento, eu deveria apenas aumentar as possibilidades de interpretação para o que tinha lido na biografia, aumentar as opções de adequação do futuro, dando o seu nome para a criança que Daniela está esperando, e criando assim uma alternativa que apontasse para a única forma de aquela informação não me perturbar, de ela, pelo contrário, representar o maior dos alívios, porque saber que seu filho estará bem por pelo menos cinco anos depois de você não poder mais estar aqui para protegê-lo é algo que supera em força até o próprio instinto de sobrevivência, apesar de eu reconhecer que era um pouco estranho pensar assim quando tecnicamente ainda nem era, ainda nem sou pai, ou pelo menos não a ponto de já ter me interessado em saber o sexo biológico da criança.

"A questão, no entanto, era que até esse artifício só anularia metade do desconforto, ou, antes, apenas o disfarçaria, pois parecia forçado supor que a criança cresceria sendo amante de literatura em geral e da obra do pai em particular, quando o comum é que os filhos divirjam dos rumos tomados pelos pais em quase todos os aspectos, que odeiem verde quando os pais têm uma fazenda, que cursem química quando os pais são professores de português, que arrumem uma namorada cristã quando os pais são judeus... Mesmo com uma boa margem para direcionamentos de gosto nos primeiros anos, é impossível prefixar preferências ou quaisquer outros aspectos quando se lida com a complexidade que forma o caldo da personalidade de alguém. Além disso, eu estaria mesmo disposto àquilo? Dar a meu filho ou filha o nome de alguém que fez o que eu sei que você fez? Tentei desqualificar esse questionamento de várias formas. O que era um nome, afinal, se não uma atribuição abstrata sem nenhum valor moral em si mesma? Se nos acostumamos a tudo, ao cabo de um tempo, por que não à realocação semântica de um conjunto de letras que a princípio associávamos a uma memória ruim? Não foi Shakespeare que disse que uma flor com outro nome teria o mesmo perfume? Lembrei-me, inclusive, de uma tarde, muitos anos atrás, em que abri o arquivo de um romance de quase mil páginas no meu computador, localizei todas as menções ao nome do protagonista e as substituí por outro substantivo próprio. Fiquei por um tempo pensando em como era fascinante que uma mudança tão drástica do ponto de vista dos leitores que houvessem tido acesso às duas versões da obra na verdade apresentava impacto zero sobre as ações do personagem, que permaneciam inalteradas.

"O caso é que, abstraídas todas essas possíveis associações negativas, ainda restava o fato de que um nome, para mim, assim como certas obras de arte, ou se salvava pela ética, ou se salvava pela estética. E mesmo que eventualmente me acostumasse a ter ao redor de mim um homônimo seu, o que você tinha feito para receber essa homenagem, além de ter sido alguém com quem topei por acidente num livro produzido também por acidente?

"E havia ainda outra coisa: eu temia não conseguir manter esse raciocínio frio, distanciado, caso tivesse uma filha. Se eu tivesse uma filha, pensava, não só a ideia de dar a ela o seu nome, assim, de graça, não só essa ideia me causaria repúdio, como também, e principalmente, a de saber que você fosse estar por aí, entediado e a poucas horas de carro de alguma cidade do interior. Porque nesse caso não teria como a identificação que senti com você, a empatia que tive pela pessoa descrita em vários momentos daquela biografia... nesse caso não teria como tudo isso se superpor, ser maior que o meu instinto de proteção, diante da possibilidade de eu morrer e ela ter de dividir o mundo com você. Era isso, tudo se resumia a hipocrisia. Não me importaria tanto com o que você continuaria fazendo, caso Daniela tivesse um menino, sobretudo porque conhecia o seu histórico, mas, com uma menina, a possibilidade da sua reincidência deixava de despertar a indiferença que mencionei em relação ao crime não cometido, aquele cujas vítimas ainda não sofrem. Com um menino, porém, se a indecisão quanto a como agir em relação a você existisse, um dia, ela poderia se concentrar somente em como a vida se materializaria para mim, a partir dali: será que terei tempo suficiente para vê-lo crescer? Será que minha influência sobre ele, e a lembrança do que fui em sua vida, haverá de se manter, caso eu concorde em deixar o mundo assim tão cedo? Será que não é mais sensato seguir com meu plano original, agora que a criança já está aqui, já está viva, saudável, com o nome apropriado, e retornar à antiga ideia seria como forçar as circunstâncias a voltarem à única opção possível, que é fazer com que aquelas palavras saiam da boca do adulto que ela virará? E, pelo que tenho percebido, nem sempre o encanto por um filho vem no momento do parto. Às vezes anos são necessários, mesmo décadas, a possibilidade de um acontecimento trágico, até nos darmos conta de que o que sentimos por eles transcende o senso de responsabilidade. A hipocrisia é uma coisa estranha... É fácil para ela considerar que ações e pensamentos se equivalem, se isso for conveniente. Nesse cenário hipotético, eu já estaria satisfeito só de ter convicção, para a minha própria consciência, a consciência de um homem íntegro, já estaria satisfeito de ter a convicção de que as coisas que você fazia eram erradas, horrivelmente erradas. A impunidade já não seria insuportável, eu sentia que o tempo transcorrido após o término da leitura eventualmente faria a minha raiva arrefecer, em parte por esse entorpecimento do senso de indignação que vamos sofrendo devido àquilo a que os jornais nos expõem desde a infância, e além disso não tentaria te denunciar, porque afinal mandá-lo para a cadeia não diferia de encomendar a sua morte, nem faria isto, encomendar a sua morte, porque no fim ainda restava algo daquele respeito pela sua trajetória. E mesmo que eventualmente decidisse matá-lo... Sabia que não faria isso sem te oferecer algum tipo de oportunidade, algo que, agora que eu conhecia um pouco mais a sua vida, as suas circunstâncias, talvez pudesse calcular de maneira apropriada, considerando o que eu estaria recebendo, em troca..."

— É disso que tudo aqui se trata? — disse o crítico, abrangendo o bar com um gesto cansado da mão, como se desistisse, ou arriscasse uma última tentativa de compreensão num diálogo do qual a possibilidade de redenção estivera ausente desde o início. — De me apresentar uma proposta? De barganhar pelo que eu tenho?

— Não, você não entendeu... Existe um motivo para eu estar usando os verbos no passado. Isso era o que eu estava pensando semanas atrás, quando me dispus a criar o edital de um concurso inexistente... um edital cujo livro resultante seria também o último, porque não pretendo voltar aos trabalhos com o criado-mudo depois que meu filho nascer. Sabe, a gente costuma achar ridículos esses pudores que algumas pessoas adquirem do nada depois que se tornam pais, essa coisa de querer ser melhor, que sempre parece meio forçada... Mas talvez o fato de ser uma mudança que alguém está forçando em si mesmo seja o que a torne digna de admiração. Por que, afinal, a alteração da perspectiva que se tem da vida, depois de uma experiência de quase morte, é geralmente exaltada, mas olha-se com desdém para pessoas que mudam seu comportamento após a paternidade, como se ambas as experiências não tivessem, no fundo, uma natureza comum, de "segunda chance", vá lá? Eu sabia agora que também desejava começar do zero com essa criança, do poço de insegurança que eu era no momento em que decidi enviar aquele conto em 86. E nisso, no processo de elaboração das especificações dessa obra que eu pretendia que fosse o canto do cisne do criado-mudo, me ocorreu que... me ocorreu que você poderia protagonizá-la... que isto talvez representasse algo pelo qual, também na sua concepção, valeria a pena se deixar desaparecer, e que ao mesmo tempo faria justiça à estima nascida no instante em que fechei a biografia, num cenário em que sua eliminação tivesse se mostrado inescapável. Não sei de que forma isso se materializaria, ou em que gênero se encaixaria, havia uma série de questões éticas a considerar, questões relativas a nomes, a fatos, mas me parecia certo que, com as indicações adequadas, o criado-mudo daria um jeito, como sempre tinha dado...

"E no entanto já não estou te contando isso como negociação, porque é inútil, tudo conjecturas sem fim, não sei se as coisas correrão bem até o fim da gravidez de Daniela, não sei o sexo da criança, não sei se vou continuar com essa imbecilidade de ter meu ódio por você multiplicado, caso seja uma menina, não sei se minha filha ou filho se interessará por livros, não sei, aliás, se, em vez de solicitar uma obra final ao matemático, para começar de novo com ela ou com ele, o correto, o adequado, o honesto seria eu mesmo redigir tudo quanto saia publicado com o meu nome, a partir de agora, e de certo, de confirmado, mesmo, não há nada, não há nada, apenas, talvez, esse retorno das coisas ao seu estágio natural, que parece ser mesmo o de suspensão."

O crítico apoiou a cabeça no espaldar e olhou para baixo, para as ondulações do trançado artesanal assemelhando-se a uma fotografia do oceano capturada por uma câmera antiga. A função que exercia naquela mesa tinha sido prefigurada muito antes de ele entrar no bar, muito antes de decidir comparecer ao evento, mesmo que a conversa não tivesse acontecido naquele dia, mesmo que fosse postergada por anos, era como o erro de que se sabe que será preciso falar. Não era possível dizer que o escritor o havia enganado a esse respeito. Olhando para seu discurso em retrospecto, a cortesia que lhe dedicava era na verdade cristalina, porque não parece essencial e muito menos proveitoso ao executor de uma medida atroz conceder àquele que por ela será afetado um panorama de tal modo detalhado das jogadas e circunstâncias que o induziram àquele movimento final, àquele xeque-mate cuja efetivação o outro homem, no entanto, parecia incapaz de levar adiante, incerto sobre as consequências reais de uma vitória imediata no que lhe restava de tempo dentro da competição maior, ou cometendo o erro primitivo sobre o qual Nietzsche tinha alertado, a coisa de se afeiçoar demais ao adversário. E mesmo agora, naquele conjunto inútil de avaliações e metáforas da situação que lhe fora posta, o crítico tinha consciência de que não podia ser mais do que espectador, de que o protagonismo em tudo quanto lhe dizia respeito, a partir dali, cabia a outros — e isso se evidenciava com mais crueldade quando o que lhe sobrava de protagonismo era na verdade um falso protagonismo, ou um protagonismo fora dos limites da realidade, deslocado para uma obra de cuja realização ou autoria provavelmente nunca poderia estar certo.

E, no entanto, fazia-se tentado, porque, depois de uma vida transitando entre os dois planos, já não se pode dizer com certeza o que os distingue. Porque o precário resumo de sua história produzido em menos de cinco minutos pelo outro lhe parecia terrível não por ser reducionista, mas por ele não conseguir pensar em algo que houvesse deixado de fora. Porque aquilo representaria, talvez, uma forma de vindicação, uma saída de cena romântica para uma entrada e uma permanência no palco no melhor dos juízos inexpressivas. Mas, apesar dos fatores de hesitação, apesar de reconhecer a possibilidade de que nada fosse dignificar sua vida com mais veemência do que a aceitação da proposta que, observada de fora, talvez parecesse absurda, restava o medo puro e simples da morte, o titubeio instintivo ante o mergulho da consciência num vazio do qual jamais seria possível resgatá-la, e onde, portanto, não lhe seria dado conhecer os efeitos da obra por que tinha consentido desaparecer. E nos meandros da divagação ia esquecendo-se da própria falta de autonomia, sua tão antiga conhecida, fantasiando a existência de um dilema subshakespeariano que exigia sua pronta intervenção, quando se tratava apenas da ilusão de uma escolha, que cabia por fim ao falso escritor, de quem ele não passava de confessor e talvez réu.

— Não me conte de quantos meses a sua esposa está grávida, neste momento — disse por fim. E em seguida acrescentou: — Por favor. Você decerto já o disse em algum ponto da conversa, em alguma parte que não achei digna de maior atenção, porque afinal ainda não sabia como tudo isso ia me afetar. Ou talvez não. Mas, por favor, não diga.

O escritor assentiu sem nada dizer, como se afiançasse algo a um moribundo.

— Não sei se é uma resposta, o que você espera de mim, agora, mas eu tenho que começar pelo óbvio, e o óbvio é que não diz respeito a mim produzir uma resposta a tudo isso. Está claro que as consequências de cada uma das projeções possíveis dentro dessa... dentro desse impasse te afetariam de maneiras diferentes, assim como a mim mesmo. Por favor, me interrompa se eu errar alguma coisa, mas preciso me certificar de que, da sua perspectiva, as opções se resumem realmente a estes pontos: você pode me assassinar, direta ou indiretamente, e dar o meu nome ao seu filho, criando uma via de mão única pela qual o futuro possa se encaminhar até o contexto do comentário lido na biografia; pode não me matar e torcer para que a biografia se referisse ao seu filho, a quem você concederá o nome de um sujeito sem qualquer justificativa "honrosa" para isso — um sujeito que, pelo contrário, você sabe ter cometido atos terríveis contra gente indefesa. E no meio de tudo isso também está o acaso do sexo: se lhe nasce uma menina, você teme não ser capaz de resistir à vontade de me tirar do caminho; se um menino, as chances de eu morrer talvez sejam menores, embora você eventualmente possa se dar conta de que não quer sair de perto dele tão cedo, e encomendar a minha morte só por garantia. Para cada um dos cenários em que preciso ser eliminado, você me oferece, como culpa ou escambo ou reconhecimento à pessoa com cuja trajetória você se identificou, não sei, para cada um desses cenários, você me oferece o protagonismo daquela que, segundo sua palavra, será a última obra produzida pelo criado-mudo — e eu sei que você compreende exatamente a quais aspectos de quem eu sou está apelando, ao formular essa projeção.

"O que preciso te lembrar, e que também é meio óbvio, é que não me sobram muitas possibilidades de reação às circunstâncias. Do meu lugar nessa história, só posso me resignar. Ao que você decidir. Ao veredicto que me couber, enfim. Não pretendo fugir do país, trocar de identidade, viver como um pária. Quem sabe, se essa situação ocorresse quinze ou vinte anos atrás, eu fizesse essas coisas, quem sabe até me divertisse com tudo isso, ser parte essencial de uma charada borgiana que tenha tido lugar na realidade. Não é o caso, agora. Talvez seja desnecessário ou inútil dizer que jamais incorrerei outra vez no tipo de coisa que fará você sentir mais nojo de mim, caso tenha uma menina, e não quero que encare isso como um pedido de clemência. Porque eu não te peço clemência. Não faria isso a alguém que, embora possa não ter mesmo escrito aqueles livros, ainda é inteligente demais pra acreditar numa redenção à custa de algo assim.

"Em algum momento do que acabou de me contar, você mencionou a angústia do artista que não poderá ver sua obra máxima publicada, aquela que o resgatará para seus contemporâneos e para os que vierem depois. E também já sabe o que penso sobre a crueldade do reconhecimento póstumo, de modo que não imagino que vá lhe causar surpresa o fato de que a perspectiva de ser redimido nos termos que você colocou só pode parecer satisfatória ou lisonjeira ou justa para mim até certo ponto no tempo, até o instante além do qual a minha consciência deixa de existir. Também compreendi, como já disse, que não tenho poder real de influência nesse jogo, que minha participação em seu desenvolvimento é nula como a de um espectador. Por isso, se daqui em diante você quiser realmente saldar em relação a mim o débito que julga ter contraído no momento em que conheceu minha história, minhas circunstâncias, como você disse, se sentir que é preciso me recompensar mesmo que decida me punir, o que eu te peço, na verdade, é que, depois de hoje, depois deste bar, depois desta conversa, nunca mais entremos em contato. Que você nunca, sob nenhuma circunstância, me informe sua decisão, ou se Daniela já deu à luz, ou qual o sexo do bebê. Não quero saber se você se arrependeu, se se converteu a alguma religião, se decidiu que pretende me deixar vivo, ou que amanhã mesmo enviará alguém para dar cabo de mim. Imagino que não será difícil me manter longe dessas informações. Seja qual for a decisão que tomar, eu não quero ser informado, nem mesmo, caso essa decisão seja em favor do meu assassinato, nem mesmo no momento da execução. Porque a partir de agora, a partir de hoje, vou precisar dessa garantia mais do que de qualquer outra coisa. Para continuar levantando todos os dias e indo dar aulas na universidade. Para suportar a carga de um período ruim, ou de uma simples decepção cotidiana. Porque... Porque no conjunto geral de fatalidades a que uma pessoa comum está sujeita, eu quero ser capaz de supor que o motorista do carro que me atropela obedece a ordens suas, que o assaltante que me alveja obedece a ordens suas, que entre as pessoas que me confundem com um assassino e me lincham no meio da rua esteja gente que você contratou. Se eu sentir uma dor forte no peito e cair durante o banho, quero ter condições práticas de acreditar em uma relação entre essa dor e a bebida oferecida por um estranho um dia antes, ou o corte no aro envenenado do guarda-chuva de um desconhecido no centro — e que cada um desses eventos conduz a você, a esta conversa, a uma decisão que você tomou a milhares de quilômetros de distância e à revelia do que penso, uma engrenagem que pôs em funcionamento sozinho e que agora encontra termo na minha eliminação."

Pronto, aquilo era tudo, não conseguiu ou não quis ir adiante, quem sabe porque o orgulho já ensaiasse um retorno, engessando na raiz a admissão do que ele só pôde silenciar, ainda que como quem espera ser compreendido. Não disse que precisaria daquele salvo-conduto em qualquer circunstância, mas sobretudo para o caso de as coisas seguirem na mesma toada da qual o escritor tivera uma amostra, com a leitura da biografia de 250 páginas, não disse o quanto lhe importava ter acesso fácil à noção, no momento da morte, demorasse esta o tempo que demorasse para vir, o quanto lhe importava ter acesso fácil à noção de que haveria algo registrado nas páginas matemáticas, invulneráveis, produzidas pelo criado-mudo — nem que, a partir dali, só havia sentido em prosseguir se pudesse se apegar à ideia de que deixaria algum lastro no mundo, mesmo que sua morte se desse por um acontecimento sem qualquer relação com a vontade direta do outro, mesmo que se desse "de maneira natural", como se diz, não queria, não podia saber, porque só assim, só dessa forma estaria apto a eliminar aquilo que sempre lhe parecera a pior das angústias, nos instantes que precedem a extinção da consciência, que é a certeza de que ninguém se lembrará de nós, de que nossa existência se restringiu a uma mediocridade que não pôde ser justificada pela arte ou por nossas ações, porque a arte não existiu e as ações não puderam inspirar coisa alguma além de vergonha.

Não restava mais ninguém no bar àquela hora. A TV tinha sido desligada havia algum tempo, e um murmúrio de conversa começava a forrar de leve o silêncio, quase ruído de estática. Sentados, imóveis, os dois eram os únicos atores de uma peça sem plateia. O escritor, então, tirou do bolso um pequeno cantil de metal, despejou parte do líquido dourado que ele continha nos dois copos e propôs uma espécie de brinde, do qual o crítico só aceitou tomar parte se o outro bebesse primeiro, e a esse comentário ambos encenaram um riso — frouxo, de claque mal sincronizada. Depois das doses de uísque, o champanhe pareceu adquirir um gosto mais agridoce que o habitual, que fez o crítico lembrar da calda da lata de pêssego guardada semiaberta na geladeira, tão longe daquele bar. Pela primeira vez nos últimos sete dias, sentiu saudades de seu apartamento, dos sons ocasionais da rua defronte, um coro de gatas no cio, o rosnar do caminhão de lixo, saudades do cheiro e das formas familiares, da localização inalterada das coisas. Que gosto teria cada um daqueles elementos a partir de agora? De que forma a conversa com o escritor contaminaria seu cotidiano mais imediato? Teve medo de que, ao levantar-se da mesa, não fosse mais capaz de lidar com a realidade sem sofrer algum tipo de desconforto, uma versão pessoal da luz que oprime as retinas dos ex-habitantes da caverna platônica. Tudo o que rodeava aquele espaço parecia então incerto, em termos de existência verificável, com as cadeiras, o balcão, os pôsteres clichês de jazz representando o único mundo possível. Havia uma vertigem a espreitá-lo, e que ele sabia não guardar qualquer relação com o álcool ingerido.

Já na recepção, improvisaram uma despedida qualquer, um meio abraço desajeitado, algo que apenas selasse a cumplicidade firmada ao longo das últimas oito ou nove horas, porque nada além disso parecia necessário ou mesmo coerente, agora que o deslocamento para lados opostos tinha se mostrado irrecorrível. O escritor caminhou então para o elevador, e, enquanto pegava de volta a chave de seu apartamento, ocorreu ao crítico uma coisa que não havia perguntado.

— Qual é o tema do edital que você estava criando, pra esse último trabalho?

O escritor olhou rapidamente para os funcionários da recepção, como a se certificar de que ninguém havia compreendido ao que a frase se referia.

— Eu tinha pensado em algo sobre o tempo... mas não era definitivo...

O crítico não disse se aprovava ou não, mas tentou, no que restava de autocontrole, esboçar uma expressão de quem entendia as razões da escolha.

— Se... — continuou. — Se acontecer como você tinha medo, da primeira vez que leu a frase na biografia... Se aquilo acontecer, e eu não conseguir não ficar sabendo... o que devo fazer com tudo isso, com o que agora eu sei?

O elevador se alinhava ao térreo.

— Bom, eu não estarei mais aqui para interferir, não é?

Subiu para o quarto pelas escadas, uma necessidade de mover as articulações, de sentir os degraus e o cansaço físico como provas de que o alheamento passaria, como a dor de cabeça, como a saudade de casa. Em pé ao lado da cama, as malas pareceram repreendê-lo pela noite sem notícias, pelo estado em que voltava, pela provável perda do voo, e esse animismo involuntário o entristeceu. Deixou-se cair de bruços no colchão, esperando ser atirado pela gravidade para a região de baixo-relevo. O desnível já não existia, o desnível nunca tinha existido. Sentiu o caderno do matemático pressionado contra o peito, no bolso da camisa social, mas não teve vontade de sair do quarto para devolvê-lo. Como no velho mito de Fausto, seu encontro com Mefistófeles lhe deixava a sensação de que o valor de sua alma tinha sido mal formulado, talvez um castigo por se fazer negócios daquela magnitude sob o efeito de substâncias que nublavam a razão.

Porque, no fim, de que havia adiantado tudo aquilo? A ponta de arrependimento não era direcionada à consolação conquistada para os instantes que durassem os estertores, mas como negar que sermos lembrados por aqueles com quem não nos importamos seja um objetivo indistinguível do de ter o melhor mausoléu num cemitério, quando sabemos que ninguém irá visitá-lo senão devido a esse caráter vistoso, ou quando a única pessoa que desejaríamos ver prostrada diante do que restou de nossa mortalidade já não parece fazer questão desse gesto final? Sim, queria ter sido mais claro em sua proposição, queria ter inserido o anseio pela permanência num contexto menos aleatório, algo que não recendesse tanto a desespero. Sentia, no entanto, que a oportunidade se esvaíra, o sono e o cansaço o enredavam e sabia-se agora na situação do moribundo a quem não é dado efetuar uma última e talvez crucial alteração no testamento — uma cláusula até pequena, no seu caso, porque a entrega seria suportável, a abdicação valeria mais a pena se tivesse a certeza de que no mínimo ela saberia, de que teria acesso ao resultado daquele acordo, ainda que a isso viesse se contrapor a eventualidade de haver se livrado dos antigos hábitos de leitura, como de tudo o mais, numa dessas tentativas tão comuns de atribuir uma nova significação ao passado, ou de soterrá-lo sob várias camadas de cal. E então, as pálpebras a meio caminho de transformar as últimas horas em elementos de um sonho belo ou terrível, ele se dispôs ao apego a qualquer mínima confirmação, qualquer elemento fortuito em sua realidade física imediata cujo sentido pudesse moldar a seu favor, num gesto que não deixava de ser, em si, um sintoma de desespero.

Sorriu. Despontando em meio a um conjunto de árvores, um painel de publicidade turística visível através da janela de vidro lhe deu a permissão de que precisava. Sorriu. Pensando na bela recepcionista, e em como teria gostado de lhe dizer que, finalmente, o nome da cidade havia alcançado o objetivo semântico pretendido pelos fundadores, na fusão com o sujeito que ele imaginou precedendo aquele verbo.

"... Amará"

A diferença entre o aeroporto de Uberaba e o de Vila Magnólia assusta-o mais do que quando passou por ali fazendo o trajeto inverso, talvez porque a antecipação da responsabilidade abrindo o simpósio e a novidade do ambiente em si o cegaram para esse tipo de comparação, uma semana atrás. No entanto, embora não haja as lonas improvisadas e, presume, os problemas de infiltração, a atmosfera geral do lugar permanece inalterada, confirmando os aeroportos como oportunidades únicas de voltar para um mesmo sonho.

Depois de subir ao apartamento e dormir até quase 10h, já resignado à ideia de que perderia seu voo às 11h, fora informado por e-mail de que o mau tempo em Brasília causaria um atraso de pelo menos duas horas no horário estipulado na passagem, o que lhe tinha dado tempo de tomar um banho gelado, levar o carro de volta à locadora, que ficava ao lado da rodoviária da cidade, pegar o primeiro ônibus que fazia a rota do aeroporto e descer ali com a impressão de ter sido contemplado por circunstâncias em tudo opostas às daqueles pesadelos nos quais se protagoniza perdas de compromissos por motivos de atraso, ou de um estranho esquecimento das próprias roupas.

Talvez por conta da dor de cabeça, talvez devido à profusão de informações a que foi exposto, as partes mais importantes da conversa da madrugada lhe chegam agora a prestações, como as réstias de um sonho suscitadas por elementos da realidade que a ele se segue. No caminhar pausado de uma jovem grávida, enxerga Daniela, cujo rosto ele ignora e cujo tempo restante de gestação talvez seja o mesmo que lhe sobra de vida — e a serenidade com que retorna a este fato gera uma nota de inquietação que, contudo, não tem força suficiente para durar mais que um instante. Nas formas geométricas e perfiladas dos bancos da sala de embarque, vê as pretensões artísticas do matemático, concretizadas de uma maneira cuja complexidade agora lhe parece quase impossível processar. Isto o leva a pensar na virada do relato do escritor, do realismo mais tradicional, embora bastante digressivo, ao tom de sobrenaturalidade, e em como essa virada o tinha feito recordar por um momento a decepção sentida durante a primeira leitura de *Cem anos de solidão*, quase três décadas atrás — a forma como García Márquez se empenha em desfazer racional e singelamente cada pequeno encantamento de José Arcádio Buendía com os artifícios trazidos pela trupe de ciganos, na primeira parte (o ímã, o gelo, a lupa), para, lá pelas tantas, inserir, do nada, um tapete voador na história. O que a maioria dos admiradores do autor colombiano tinha visto como virtude, ancorada no onirismo mais típico do realismo mágico, ele enxergara como uma desairosa quebra do contrato de racionalidade firmado com o leitor nas primeiras páginas, e só perdoada pela diluição na genialidade geral do romance.

O que, no entanto, perdoa a história narrada pelo escritor? Até este momento, as provas de que havia tido acesso a informações das quais só ele, crítico, fora testemunha, além, é claro, da conveniência de ter possibilitado o artifício que talvez vá salvá-lo, embora na superfície observável de sua rotina nada tenha mudado, como comprova o prosaísmo das cenas que agora testemunha, enquanto espera o avião. Parece incômodo que tudo o que proveja o extenso diálogo daquela madrugada de significado, de relevância, toque sua vida nos dois extremos, pretérito e porvir, mas é possível que o ranço de egoísmo dessa constatação se atenue com o fato de os elementos que compõem a realidade física daquele aeroporto também só existirem para cada um dos passageiros e funcionários que nele estão devido à decantação pelo filtro de seus respectivos sentidos. É isso, tudo só existe na medida em que nos afeta, e por mais que nos consideremos refratários ao estabelecimento de juízos sobre pessoas ou coisas, sobre abstrações ou concretudes, a similaridade com o ofício do crítico é inescapável a toda criatura que percebe o mundo, como sugeriu Eliot, ou talvez a semelhança mais apropriada seja com a atitude contemplativa de um leitor que suspende a descrença, a justaposição mais rígida com o universo exterior, e se limita à tentativa de apreciar a viagem. O próprio exercício de viver pressupõe suspensões, aliás, porque seria insuportável não se distrair eventualmente da crença não na própria finitude, mas na de quem se acerca de nós ao longo da leitura, amigos, parentes, amores.

Mas e quanto a ele? A esta altura, já tendo sido confrontado com a contraparte de realismo árido de que cada uma dessas suspensões em geral busca afastar-se (a morte da mãe, o término com Júlia, a frustração pelo fracasso criativo), de qual projeção precisará ficar distante, se quiser desfrutar de uma sobrevida sem grandes ruídos? A mente volta-se, então, como se obedecesse a um impulso natural, à última coisa que perguntou ao escritor, no hall do hotel. Ele percebe agora que, se a previsão da biografia se concretizar tal como sua primeira interpretação supôs, e se o filho ou filha que Daniela espera for jovem demais para ser o especialista a que a obra se referia, terá de viver os cinco anos seguintes antes de elaborar o fatídico comentário — mais um envolvendo um escritor, mais um repercutindo de maneira indelével em seu futuro. Cinco anos a cujo usufruto não poderia renunciar, cinco anos de retorno ao cenário que precedeu sua visita a Amará, sobrevivendo dos elogios fragmentados como ração para náufrago, cinco anos sem a garantia que agora lhe parecia sua maior conquista. Não lhe agrada a ideia de que a única coisa a impedi-lo de deixar o mundo, numa situação em que o escritor de fato se vá antes dele, seja a adequação determinista ao que o criado-mudo havia exposto. Não, não. Para o fatalismo fazer sentido, nesse contexto, para não soar como uma força sobrenatural cartunesca que o faria sobreviver mesmo à queda do quarto andar de seu prédio, se esta se desse durante os cinco anos subsequentes à morte do escritor, por exemplo, seria preciso que o acaso conjugasse uma motivação extra para a sobrevida, pelo menos até o momento em que o comentário da biografia lhe ocorresse.

Contudo, é preciso considerar, também, a parte da promessa feita ao escritor que consistia em manter-se distante de atualizações acerca de sua vida. Não será possível que, cumprindo à risca tal intento, haja uma chance — remota, é certo — de ele só ser informado acerca do falecimento do autor na iminência dos tais cinco anos, quando vier bater à sua porta um jornalista ávido por colher algumas linhas laudatórias de um ex-professor universitário e crítico recluso que, no passado, costumava dizer, a respeito do artista homenageado, e adaptando um aforismo de Karl Kraus, que se tratava da "única girafa legítima num cenário em que, estando o sol da cultura baixo, também os anões lançavam longas sombras"?

Ainda assim, talvez seja preciso prevenir-se. Pensar em formas de manter o velho mecanismo de apego a este mundo funcionando com alguma dignidade, em qualquer das circunstâncias — formas que, no seu caso (por que fingir que precisa pinçá-las no meio de outras?), se resumem a duas, restaurar na velhice a juventude, como um Dom Casmurro mais trágico. E enquanto pondera sobre a possibilidade de retomar contato com ela — a ponta do passado — e sobre voltar aos planos do livro e reiniciá-los, partindo talvez de uma nova premissa — a ponta do presente —, ele sente o desânimo envolvê-lo como a sombra de uma nuvem se interpondo ao sol das 15h. Por que alimentar a ideia de que suas investidas renderiam agora algum fruto, se a única mudança em relação às tentativas anteriores dizia respeito à motivação pessoal, não afetando, portanto, a contraparte, o obstáculo que havia impedido a concretização de ambos os objetivos? Não é melhor deixar a cidade, o aeroporto, exatamente como quem abandona um sonho, permitindo que todo o assombro dos eventos que nele testemunhamos se dilua ao longo da manhã seguinte, ou dele só resgatando o que nos convém, em termos pragmáticos? Uma pequena premonição, a possibilidade de nossa morte acidental estar ligada a uma obra que nos justifica...

Como se respondesse à sua inquietação, uma voz sobrenatural reverbera pela sala de embarque comunicando o cancelamento do voo, e é logo sobrepujada pelo ruído de indignação dos outros passageiros. "Talvez eu não deva sair daqui", ele pensa, a visão da pista de decolagem saindo de foco. "Talvez Amará seja a minha Macondo, e eu esteja condenado a uma circularidade infinita com um significado que não tenho como conhecer..."

A caminho de outra plataforma de embarque, e distraída com a confusão dos passageiros do voo cancelado, uma moça tropeça de leve em sua mochila.

— Desculpa, senhor — diz ela, o r final carregado.

Faz um gesto de que não foi nada, mas a moça não vê. Ele a observa se afastar, mostrar o comprovante a um funcionário e sumir por uma porta que se fecha à sua passagem. Fica pensando no sotaque, o indicativo sutil de que ela pertencia àquela cidade, e que a ela eventualmente voltaria, e uma onda de otimismo substitui sua enervação anterior. Ocorre-lhe que, mesmo se a desconhecida nunca voltar a Amará (da qual saía por motivos talvez alheios à sua verdadeira vontade), o fato de ter vivido ali tempo suficiente para internalizar algo tão entranhado, tão íntimo como a forma de se expressar sugere que em algum momento passou a amá-la, quem sabe até de maneira inconsciente, e que todas as mudanças promovidas em sua vida e em sua fala a partir de agora serão alterações superpostas àquelas suscitadas pela existência na cidade, sem a qual ela teria vivido experiências diferentes e se tornado, portanto, uma pessoa diferente, e por mais que o panorama atual de nossas vidas ou de quem somos não se mostre dos mais positivos, se existe a chance de a personalidade moldada em parte pelas circunstâncias ruins a que fomos expostos no passado ser alterada, caso alguma dessas circunstâncias fosse suprimida, não nos atrevemos a consentir, como se maior do que o apego à busca por uma forma menos oscilante de felicidade fosse o apego aos traços que também as sucessivas tristezas lapidaram em nós, como disse o escritor, ainda mais quando o que faz de determinada recordação algo triste ou indigesto é um acontecimento que não se estende a toda ela, mas apenas a seus últimos instantes, salientando certa propensão humana ao cumprimento do que tinha sugerido a frase aparentemente absurda de Falconeri, pois tendemos a atribuir o caráter inerente ao último ato de uma vida ou de uma estada ou de um relacionamento — tendemos a contaminar tudo o que veio antes com o sentimento que esse ato final desperta em nós, num exercício tão injusto, tão reducionista quanto o das religiões que enxergam na monstruosa extensão da eternidade pós-vida algo que se destina apenas a recompensar ou a punir as atitudes e pensamentos que se protagonizou nos primeiros cem anos desde o nascimento, de modo que, se a pessoa na qual ele pensava agora era capaz de, em seu ceticismo cientificista, perceber a absurdidade dessa ideia no contexto das religiões, não parecia forçado supor que mais cedo ou mais tarde fosse dar com a mesma constatação a respeito do que a estava fazendo repelir suas tentativas de reaproximação.

Ele se levanta alheio ao burburinho dos passageiros, a mochila nas costas, e deixa a sala de embarque sob a indiferença dos detectores de metal. Pela primeira vez, pode caminhar pelo aeroporto sem que ao fundo ressoe a preocupação com o horário em que seu avião chegará, se tinha deixado alguma lâmpada acesa ou o gás ligado em casa, dedicar-se à exploração daquele mundo quase à parte, daquele sonho lúcido — e, no instante mesmo em que volta à metáfora onírica, ele recorda Schopenhauer, a ideia de que vida e sonho sejam páginas de um mesmo livro, que lemos linearmente quando estamos acordados e de maneira aleatória enquanto dormimos. A beleza do argumento mantém o racionalismo em suspenso, ele percebe que, sendo o único leitor consciente de suas habilidades manipulativas em meio àquele oceano de passageiros inebriados pelo surrealismo do aeroporto, pode também se dar ao luxo de folhear as páginas seguintes por conta própria. Passa, então, a observar cada um dos guichês para check-in justapostos à volta do amplo saguão circular como uma possível ramificação de si mesmo, sua posição futura sobre uma circunferência cujos raios convergem retrospectivamente para o ponto em que está agora. A imagem o remete por um momento à pretensão do escritor de criar um futuro cheio de detalhes, na esperança de que isso fosse suficiente para revesti-lo com a imutabilidade do passado, sempre tão pródigo em minúcias. Existe uma enorme falha conceitual nesse plano, ele se dá conta, surpreso com o quão evidente ela tinha se mostrado desde o início, porque, se a realidade não costuma condizer com os planos que dela se faz, o erro do escritor havia sido encher de detalhes a projeção de um futuro que ele almejava. Sua sorte, agora, ele pensa, enquanto se desvia de malas semoventes, sua sorte é estar de acordo com qualquer cenário à exceção de um, ao qual aludiu em seu diálogo final com o escritor. E, se alguém deseja que determinada projeção não se concretize, talvez seja necessário, além de imaginá-la com a máxima profusão de detalhes, construir essa antecipação mental no interior de um ambiente de sonho como aquele, que, estando intricado ao tecido da realidade circundante, torna a eventual repetição física desse panorama uma redundância impossível.

Mas ele não demora a ceder à velha dialética, pensando nos livros que leu repetidas vezes em diferentes etapas da vida, e em como o mesmo texto pode parecer imbuído de significados distintos dependendo da fase que se atravessa. Nesses casos, então, não seria possível afirmar que as obras ficavam diferentes, por conta da mudança de seu olhar sobre elas? Da mesma maneira, se houver uma consciência capaz de perceber a realidade mesmo estando fora dela (mais ou menos como o escritor tinha suposto ao retomar a velha alegoria dimensional comparando vivos e mortos a personagens e leitores), a alteração no sentido de cada cena desse real, segundo a perspectiva dessa consciência, que também pode passar por fases as mais distintas ao longo de sua trajetória, a alteração no sentido de cada cena, enfim, não seria suficiente para justificar a repetição exata de determinada circunstância?

"A minha sorte", ele conclui, todavia, sacando da mochila o notebook, antes de se entregar ao exercício que, graças à subnutrida capacidade de fabulação, já supõe fracassado, "a minha sorte talvez esteja em não acreditar no Leitor".

Agradecimentos

Este romance não teria sido possível sem as valiosas leituras, observações e contribuições das seguintes pessoas: Gustavo Araujo, Thata Pereira, Diogo Bernadelli, Bia Machado, Rubem Cabral, Fabio Baptista e Carol Almeida (a quem devo a ideia que deu origem a um dos capítulos).

Também gostaria de agradecer a todos os que contribuíram, por vezes sem saber (ou sabendo parcialmente), para que eu prosseguisse nessa jornada pessoal de produção literária, ou que estiveram ao meu lado em momentos difíceis de minha trajetória (desnecessário, portanto, dizer que as pessoas da primeira lista estão implicitamente contidas na segunda): Thiago Silva, Jean Carlos, Maria Aparecida, Thábata Thomé, Juliana Duarte, Raphael Rodrigo, Fabiane Bogdanovicz, Guga Pierobom, Acsa Serafim, Maria Rosa Petroni, Karen Wasem, Janaina Marques, Rosângela Almeida, Mário Portolese, Lorena Tuxen, Vinícius Carvalho, Roberto Boaventura, Suzana Luz, Ana Paula, Alice Silveira e Nilzete Souza.

Todos vocês (e aqueles que, por descuido imperdoável, não lembrei de mencionar) foram importantes em alguma medida, em algum ponto do curso da minha história até este momento, e eu nunca conseguirei agradecer o suficiente.

Este livro foi composto na tipografia
Minion Pro, em corpo 11/16, e impresso em
papel off-white no Sistema Cameron da
Divisão Gráfica da Distribuidora Record.